잃어버린 자화상

- 인간 편 -

'인생은 미완성 교향곡'이 울려 퍼지고 있다!

    이 책에 직접 자필 멘트와 서명을 해 주신 각계 인사 분들의 격려에 다시 한 번 무한한 감사를 드리며, 2년여를 **'잃어버린 자화상'**을 찾아 헤매지만 그 답을 못 찾는 나의 어리석음이 두렵기만 하다..

그 답은 멀리 있지 않다. 나의 '자아' 속에 있다.

나의 '잃어버린 자화상' 속에 있다.

그 답은 '인생은 미완성 교향곡'!

고대 그리스의 소크라테스는 어리석은 철인(哲人)이 아니었을까?

'인생은 미완성 교향곡'은 어리석은 현자(賢者)의 등불이다?

나는 누구인가? 어리석은 우문(愚問)을 또 하는 나는 누구인가?

안드로메다(Andromeda) 성좌가 '0(zero)'인 자아의 빛을 비춘다.

2024. 12. 23

우민(愚民) 쇠불이 문원경 드림

공유 안심 세상 피스 미러에 비친 잃어버린 자화상

문원경 안심과 평화 수상록隨想錄

힐링
지혜

Peace Essays I 인간 편

바보 X맨 판타지(fantasy)?

공유 안심 세상 피스 미러에 비친

잃어버린 자화상

*북랩

공유 안심 세상 피스 미러에 비친
잃어버린 자화상 -인간 편-

발행일	2025년 1월 16일		
지은이	문원경		
그림·사진	문원경		
펴낸이	손형국		
펴낸곳	(주)북랩		
편집인	선일영	편집	김현아, 배진용, 김다빈, 김부경
디자인	이현수, 김민하, 임진형, 안유경	제작	박기성, 구성우, 이창영, 배상진
마케팅	김회란, 박진관		
출판등록	2004. 12. 1(제2012-000051호)		
주소	서울특별시 금천구 가산디지털 1로 168, 우림라이온스밸리 B동 B111호, B113~115호		
홈페이지	www.book.co.kr		
전화번호	(02)2026-5777	팩스	(02)3159-9637

ISBN   979-11-93304-73-0 04810 (종이책)   979-11-93304-74-7 05810 (전자책)

(주)북랩 성공출판의 파트너

북랩 홈페이지와 패밀리 사이트에서 다양한 출판 솔루션을 만나 보세요!

홈페이지 book.co.kr   • **블로그** blog.naver.com/essaybook   • **출판문의** text@book.co.kr

작가 연락처 문의 ▶ ask.book.co.kr

작가 연락처는 개인정보이므로 북랩에서 알려드릴 수 없습니다.

잃어버린 자화상

그를 찾아 떠나던 날
그가 또 있음을 알고
그를 찾아 또 떠난다
그가 그를 찾아…

그 속에 또 다른 그
그는 그가 아니고 그였네
그를 찾는 건 그가 아니고 그였네

그는 누구인가
그 속에 또 다른 그
그가 그였네

경계(境界) 인간 그가
임계상태(criticality)를 읊조리고 서 있네

인생은 작가 미상의 소리 없는 한 편의 시

한 시인이 해 저문 강기슭 타고
웬 돌을 띄워 보내고 있었다
강물을 헤집어
자기 돌이 없어졌다
한탄하며 돌아섰다

그의 넋두리가
강물 속 메아리처
어느 한 돌을 구르고 있었다

시인은 밤새도록 시름 밝혀
사방에 헤뜨러진 그를 찾아
벙어리 시 구절에 담아
철인(哲人)의 현몽(現夢)을
읊조리고 있었다

그 첫 구절: 나는 나다
그 가운데 구절: 나는 그다
그 끝 구절: 나는 아무개다

이 책은 인생길을 걷는 그 누군가가 읊는 한 편의 시라고 할 수 있습니다. 그 시인이 나일 수도 있고 그일 수도 있고 아무개일 수도 있습니다. 과연 인생은 작가 미상의 소리 없는 한 편의 시일까? '잃어버린 자화상'을 읊으며 찾아 헤매는 그 인생길 시인 모두에게 안심과 평화와 행복이 깃들기를 기원드립니다.

신들의 섬 하와이 카우아이(kauai, 사진 가운데 희미한 모습의 무지개)

문원경 삶 65X48Cm Acrylic 2015

공유 안심 세상 피스 미러에 비친 잃어버린 자화상

환영(幻影)

삶의 혼돈이 삼켰다
울긋불긋 덧칠을 토했다
삶이 그 본성을 잃었다

삶의 굴곡이 풀렸다
천방지축 함성을 친다
삶이 그 자유를 잃었다

삶의 심연이 묻혔다
허둥지둥 속살을 헤친다
삶이 그 허상을 잃었다

그림 시 문원경

공유 안심 세상(UNPW)의 지혜를 함께하며

"여기의 존경하는 사회 각계각층의 여러 인사 분들의 친필 서명은 '공유 안심 세상(UNPW)'의 빛과 소금이며 에너지의 원천이 될 것입니다."

※ 편의상 존함의 가나다 순에 따른 나열입니다.

이 책에 실린 글들이 안심공동체를 만드는 결과물이 되어
우리 삶의 행복을 은연히 지켜주는 소중한 메세지가 되기를
기대합니다.

서울 벤처대학원 대학교
총장 김 춘 호

문화예술의 기저철학은 '애민사상'입니다.
저자의 '공유 안심 세상 피스 미러에 비친
잃어버린 자화상' 책 덕시 인간의 안심과
평화에 대한 기원과 추구라는 점에서
'애민사상'에 기반을 둔 문화예술 인문서에
다름없다고 생각합니다. 앞으로도 저자의
인생철학이 담긴 아름다운 저서들을 기대합니다.

나주시축제 총감독 남 정 숙

祝賀 드립니다

興輪寺 法輪

刊을 出

凉持 清住

慈悲喜捨

理事長　法輪

社 韓國佛教文化振興院

조각생 공부을 통해 바라본 세상의 참맛
외따 할수없고 지혜 ... 없는
사회의 약자들 더이상 그들이
서러워해를 보리 않도록
해드리는 것이 내게 맡겨진 일이다
라는 각오로 ... 열정에
박수를 보내며 ... 감사합니다.　가수
성유호

이 책을 통해 위험사회의 개념과 논리를
이해하고 안심공동체를 만드는 Solution을
찾아 가기를 바랍니다.

　　　　　　(재)무한라 오 병 외룡

한 엄마이자 평범한 시민으로서 너무나 위험한 일들이
사회 곳곳에서 벌어지고 있어 '안심'과 '평화'를 주제로
철학적 사색을 할 수 있도록 하는 저자의 독특한 서사와
시들이 가슴에 와 닿는다. 무엇보다 자라나는 미래 세대의
안심(안전)을 위한 좋은 프로그램들이 많이 개발되었으면
하는 바람도 가져본다.

　　　　　　한국앙고르커리어 대표
　　　　　　이 소영

세계적인 기상이변으로 폭염 폭우 한파
수재등와 더욱 위협받게 가는 사회가 되고
있습니다. 상게하게되면서의 평화와 철학
그래서 진리적인 지식으로 사회적 이념을
사회에 끼쳐며 안심을 안심할 수 없는
시시를 만드는 최선이 될 수 없는 최소리
지났과 될 수 있기를 기도합니다.

　　　　　　(재)신세계아시 사장 이 형봉

한치 앞을 내다 볼 수 없는 위험사회가 우리 앞에 펼쳐지고 있다. 공유 안심 싸상(UNPW) 피스 미러(Peace Mirror)에 비친 "잃어버린 자화상"은 "공유 안심세상(UNPW)"을 향한 우리 모두의 영환적 자아라고 할 수 없지 않은가?

파인번선뉴스
회장 전 재호

초연결사회가 초위험사회라는 사실 앞에 다수가 두려움은 떨치지 못한다. 그만큼 신천 향한 갈망도 그개는 크다. 그러나 거자는 섭리 아래에서 인간이 걸어야 할 것이나 다해야 할 책임을 가리킨다. '함께 멀리' 가까워해서다.

조 정민
(BASIC Community Church 목사)

거자가 10년 가까운 위험사회 연구 성과를 대중과 공유하기 위하여 그 첫울림으로 자성록 형태의 수상록을 통해 '공유안심세상(UNPW)'이라는 이상을 향해 소통하려고 한다. 아무쪼록 그 바람이 좋은 결실을 뻣을수 있기를 기원한다.

前 대한변호사협회
회장 하 창 우

문원경 태양화 65X48Cm Acrylic 2015

공유 안심 세상 피스 미러에 비친 잃어버린 자화상

태양화(太陽花)

이글거리는 광년(光年)들

이를 모를 시공(時空)이

불꽃을 머금어

덩그러니 붉은 자태 점점이

빛길 찾아 헤매 돌아

오두막 처마 끝 타고

대롱대롱 매달리다

파도 전설 내딛는 소리에

수평선 너머 심해를 토하고

그 만상(萬象)을 품고 내리네

그림 시 문원경

15

공유 안심세상(UNPW)의 피스 미러(Peace Mirror)에 바보 X맨 판타지(fantasy)에 춤추는 나를 비추며

나는 10여 년간 위험사회 연구를 해 오면서 '공유 안심 세상(UNPW, Ubuntu & Peace World)'을 꿈꾸고 있다. 우리 모두가 안심하고 평화롭게 살 수 있는 행복한 세상이 바로 공유 안심 세상이다. 그 꿈을 향해 'UNPW'란 배에 나를 싣고 가깝고도 먼 항해를 떠나가기로 했다. 아름다운 이들을 하나씩 태우며 '안심과 평화와 행복'의 동행을 떠나기로 했다. 그런 꿈을 꾸면서 공유 안심 세상의 '피스 미러(Peace Mirror)'에 나를 비춰 보게 되었다.

삶이 무엇인지를 생각하면서 나의 삶을 생각해 보고, 나아가 '나'를 생각해보게 된다? 거기에서 몇 가지 인생의 논제가 도출된다. 삶이란? 나의 삶이란? 나의 존재란? 이 같은 물음에 대해서 생각해 볼 겨를도 없이 우리는 그 뭔가에 빠져 살아온 것이 아닐까?

그 뭔가가 뭘까?

나는 바보 'X맨'이었다. 원래 X맨은 일반 인간들이 가지지 않은 특별한 힘의 초능력을 지닌 돌연변이(mutant)의 괴물을 말한다. 이 X맨은 세상을 바꿀 수 있는 상징적 존재로서 세상의 빛과 소금과 에너지의 원천이 되는 핫(hot)한 힘을 가진다는 사회적 메시지를 던지고 있는 것

공유 안심 세상 피스 미러에 비친 잃어버린 자화상

이다. 그런데 나는 세상을 바꾸기는커녕 나를 잃어버리고 허황된 꿈 속에서 X맨 행세를 하면서 일그러진 타아를 찾아 헤매는 오만한 '바보 X맨'이었다. 나 자신도 바꾸지 못하는 바보 X맨… 게다가 정체불명의 미지의 X맨이기도 하였다. 나는 나의 자화상을 잃어버리고 오만한 바보 X맨 행사를 한 괴물이었다. 나의 '잃어버린 자화상(portrait of lost self)'은 바로 '바보 X맨'이었다. 안심과 평화를 스스로 파괴하고 일그러진 타아를 찾아 자아를 잃어버리고 한없이 헤맨 바보 X맨이었다. '바보 X맨 판타지(fantasy)'를 꿈꾸며 바보 X맨을 목 놓아 부르고 있었다.

세상에 바보 X맨은 널려 있다. 그들이 그 '바보 X맨 판타지'를 깨달아야 하지 않을까? 이 세상을 바꿀 수 있는 진정한 돌연변이의 미지의 X맨은 어디에 있는가? 안심과 평화의 공유 안심 세상(UNPW)을 구현하는 겸손한 진정한 X맨은?

이 책은 나의 삶의 거울에 비친 삶을 반추하고 그에 대한 철학적 고뇌를 하며 걸어가는 인생 산책길에서 만난 사색들을 '수상록(隨想錄)'이라는 비디오 상자에 담아 하나씩 들춰내어 틀어 보고 있는 것이다. 그 거울은 이른바 '안심과 평화의 거울'인 '피스 미러(Peace Mirror)'가 될 것이다. 당신은 안심과 평화의 인생 산책길을 걸어왔는가? 그리고 걸어가고 있는가? 이 세상에는 위험 산책길이 너무나 많이 널려 있다. 그럼에도 우리는 그 길을 묵묵히 걸어간다. 공유 안심 세상길에 놓인 안심 산책 거울인 '피스 미러(Peace Mirror)'에 비친 일그러진 타아를 보고 자아를 망각하는 '잃어버린 자화상'의 행렬은 묵묵히 이어진다. '공유 안심 세상(UNPW)'의 '피스 미러(Peace Mirror)'에 나의 '잃어버린 자화상'을 비추어 그 길에 비추고 싶다.

 나이든 사람은 나이든 대로 젊은 사람은 젊은 대로 그 나름의 인생길을 걸어가고 있다. 그 인생길에는 갖가지 시련과 위험이 도사리고 있다. 여차하는 순간 그에 빠져 허우적거리게 된다. 안심과 평화의 인생 산책길은 환상의 길이 된다.

 그래도 우리는 그 길을 가야만 된다. 그 길은 결코 환상의 길만은 아니다. 그 길은 진정한 안심과 평화를 누릴 수 있는 현실의 이상향이 될 수도 있다. 그 길을 다시금 당신의 인생 거울인 '피스 미러(Peace Mirror)'에 비춰 보자. 그리고 거기에 비친 당신의 자화상을 들춰 보자. 아마도 일그러진 타아를 보는 잃어버린 자아의 모습일 것이다. 그 일그러진 타아가 타아가 아닌 자아임을 인지하고 잃어버린 자아를 회복하고 당당해지자. 그리고 자유로워지자! 그게 바로 안심과 평화의 길이다.

 당신의 자유는 당신의 자아를 회복하는 데 있다. 상실된 자아는 그 뭔가에 빠져 당신의 굴레가 되어 있다. 거기에 안심과 평화는 없다.

 인생 산책길에서 그 뭔가를 찾아보자. 그리고 진정한 자유를 누려 보자. 지금까지 누린 자유는 허상일 수 있다. 진정한 자유는 안심과 평화의 자유이다. 안심과 평화의 산책길을 찾아 나서는 수상(隨想) 여정을 떠나 보자. 진정한 '나'를 찾는 안심과 평화의 인생 산책길을 걸어 보자. 그 길에 놓인 인생 거울에 나의 잃어버린 자화상을 비춰 보자. 그 인생 거울은 다름 아닌 '안심과 평화의 거울'인 '피스 미러(Peace Mirror)'이다.

당신은 진정으로 안심과 평화의 인생 산책길을 가고 있는가? 당신의 피스 미러(Peace Mirror)는? 당신의 자유를 얽매는 굴레가 된 그 뭔가는?

"이 책은 '안심'과 '평화'와 '행복'의 '공유 안심 세상 (UNPW)'을 꿈꾸며 나의 인생길 산책에서 만나는 허상과 실상들을 반추하고, '피스 미러(Peace Mirror)'인 자아 거울 속에 숨겨진 삶의 비밀들을 들춰 봄으로써 남은 삶의 안심과 평화를 위한 수상록(隨想錄)으로 쓰여졌습니다. 그리하여 서사(敍事)와 시(詩)의 사색에 비춰 그들의 굴곡의 위험을 읽고 안심과 평화의 인생길 산책을 위한 '인생길 안심(안전) 산책 백과'로 저술되었습니다. 서사와 시의 사색을 통한 일종의 '안심(안전) 백과사전'의 새로운 버전(version)이라고나 할까…. 그러므로 비록 논제에 안심과 평화에 대한 직접적인 언급이 없더라도 그 근저에 있는 안심과 평화 전제의 논리적 접근을 염두에 두면서 읽어 주시면 어떨까 합니다.

삶의 잔해 속에 떠 도는 나의 인생길 안심(안전) 산책의 얘기와 시는 바로 당신의 얘기와 시가 될 수 있지 않을까? 그리고 그 속에는 수많은 위험사회의 개념과 논리가 들어 있지 않을까? 앞으로 그 위험사회의 개념과 논리들을 바탕으로 위험사회 해법을 모색하기 위한 진정한 '안심 공동체 (Peace Community)'를 형성해 나갈 수 있게 된다면 공유 안심 세상(UNPW) 구현의 실질적인 방향으로 나아갈 수 있게 되지 않을까? 나와 나의 가족, 우리 모두의 안심과 평화와 행복을 위해…. 나아가 삶의 가치와 성공의 지혜도 거기에서 찾을 수 있지 않을까? 이 책이 삶의 안심과 평화의 사색과 철학의 **'힐링 지혜록'**으로서 안심과 평화 속에 깃든 가치 있고 성공적인 삶의 지혜를 찾을 수 있는 길잡이가 될 수 있지 않을까? 안심과 평화의 인생 산책길을 다시 걸으며 그 사색과 철학을 해 보면 어떨까? 삶이 온갖 위험 속에 흔들리고 혼란스러우면 어떻게 가치 있고 성공적인 삶을 창출해 낼 수 있겠는가? 이 책의 깊은 곳에 숨겨져 있는 안심과 평화의 힐링 지혜를 찾아 가치와 성공의 삶으로 나아갈 수 있었으면 하는 바람입니다. 역설적이고 해학적인 지혜 속에 숨겨진 참 힐링의 지혜를 찾아서…."

그렇게 이 책은 '공유 안심 세상(UNPW)'의 대장정을 떠나는 이른 새벽녘 여명(黎明)의 고요한 어둠 속 고독한 서사(敍事)와 시(詩)로 시작되었다. 공유 안심 세상의 지혜를 함께하며 공유 안심 세상 항해를 떠나는 저를 격려해 주신 여러 각계각층 소중한 분들의 옥필 메시지는 큰 용기와 힘이 되었다.

아울러 평소에 저의 연구 길 고뇌를 이해하며 진심 어린 격려를 아끼지 않으신 한국뉴욕주립대학교 명예총장님이신 오명 전 부총리님, 전 총장님이신 김춘호 현 서울벤처대학원대학교 총장님, 현 한국뉴욕주립대학교 Arthur H. Lee 총장님, Hamid Hefazi 부총장님과 한민구 부총장님을 비롯한 학교 관계자들에게도 한없는 혜량에 머리 숙여 깊이 감사를 드린다. 나아가 지금까지 저의 삶의 등대가 되어 준 오래 전 작고하신 저의 아버님과 92살 노모 박홍엽 여사를 비롯한 사랑하는 아내 박영림과 자식들, 형제들, 그리고 인생길을 안내해 준 수많은 선배 제현과 친우를 비롯한 인생 스승 모두에게 머리 숙여 감사를 드린다. 더하여 무엇보다도 책 발간에 온갖 정성과 세심한 주의를 기울여 주시고, 특히 저의 졸작 그림 15편과 사진 2편(몰디브 석양 바다, 하와이 아침 바다)을 멋있게 실어주신 북랩의 손형국 대표님과 관계 직원 여러분에게도 거듭 감사를 드린다.

그동안 오만하게 산 나를 자책하며 남은 삶을 오직 '겸손' 한 마음으로 살 것을 이 책에 담아 그들에게 정중히 바친다.

아무쪼록 이 책이 공유 안심 세상(UNPW)의 이상을 실현하기 위한 '공유 안심 세상 운동(UNPW Movement)'에 적극적으로 공감하고 동참할 수 있는 계기를 마련함으로써 나와 나의 가족, 우리 모두의 안심과 평화와 행복을 지키는 '공유 안심 세상의 길'을 여는 소중한 메시지를 전달할 수 있게 되기를 기원한다.

한편, 앞으로 이번 I권 '인간 편'에 이어 피스 철학 에세이(Peace Philosophy Essays) 형식의 **'잃어버린 자화상(Portrait of Lost Self)'** 피스 에세이(Peace Essays) 시리즈를 계속 펴낼 계획이다. 인간 편에 이은 생활 편, 정치 편, 기술과 인간 편, 자연과 인간 편, 신과 인간 편, 위험사회 편 등 안심과 평화에 관한 사색과 철학적 접근이 필요한 영역을 중심으로 집필할 계획이다. 안심과 평화 산책을 통해 삶의 힐링을 도모함과 동시에 삶의 지혜를 터득할 수 있는 '힐링 지혜록' 형태의 수상록이 될 것이다.

그동안 10여 년 위험사회 구조를 물리학적으로 접근해 연구한 위험사회의 개념과 논리를 바탕으로 개발된, 책 부록으로 수록된 '자기 위험성 리트머스 시험', '안심 행복 일기' 등의 앱과 '공유 안심 세상(UNPW)'의 로고와 캐릭터, 그 캐릭터 송인 피스 독(Peace Dog) 송은 앞으로 추진할 공유 안심 세상 프로젝트 중 일부로서 추후 더 많은 다양한 프로젝트가 개발되어 제공될 예정임을 말씀드린다.

끝으로 곧 개설될 공유 안심 세상(UNPW) 홈페이지(htts://www.unpw-x.com)에 가입하면 공유 안심 세상(UNPW) 회원이 되어 인터넷상에서 이루어지는 여러 다양한 안심(안전) 정보·지식·기술과 유익한 프로그램 등을 공유할 수 있게 됨으로써 '나와 나의 가족, 우리 모두의 안심과 평화와 행복을 지향한다'는 공유 안심 세상 운동의 취지에 함께 할 수 있는 길이 열리게 됩니다. 공유 안심 세상 홈페이지에 많은 관심을 가져 주시면 감사하겠습니다.

"잃어버린 자화상을 찾아 자아를 회복하는 데 근원적인 에너지는 자기 내면의 힘, 즉 자기 성찰을 통한 자아 통찰에서 나온다. 이는 다름 아닌 잃어버린 안심과 평화의 에너지를 회복하는 것이다. 안심과 평화의 거울인 '피스 미러(Peace Mirror)'에 잃어버린 자아를 비춰보자!"

2025. 01.
한국뉴욕주립대학교에서 안심과 평화를 산책하며
공유 안심 세상(UNPW)을 꿈꾸는
우거인(愚居人) 문원경

문원경 여명 65X48Cm Acrylic 2015

Prologue(English Summary)

Peace Essays: Reflections on the Mirror of Self: Towards a Life of Safety, Peace, and Happiness in the Shared Safe World (UNPW, Ubuntu & Peace World)

This book was written with the intention of reflecting upon our lives through the mirror of self, rediscovering the lost self, and seeking a life of safety, peace, and happiness. The mirror of self in this context refers to the 'Peace Mirror' of the 'Ubuntu & Peace World' which aims to create a world of safety and peace together. Looking at the 'lost self' through this Peace Mirror, which is placed along the path of life's journey, is the way to reclaim the self that has been lost.

Losing oneself is synonymous with inviting 'risk'. The Itaewon incident, the COVID-19 pandemic, the Sewol ferry accident, the Ukraine war, climate change, and other tragedies may all stem from the risks of losing one's self. Could it be that we mistake the distorted reflections of others as our lost selves and

공유 안심 세상 피스 미러에 비친 잃어버린 자화상

misidentify them as our true selves?

Therefore, this book weaves together emotional narratives and poetry as a means to provide an opportunity for recovering the self by reminiscing about the past. It aims to inspire active participation in the 'Ubuntu & Peace World Movement (UNPW Movement)' and heralds the beginning of a context that can motivate individuals to protect their safety, peace, and happiness. I will prepare many kinds of projects for them to utilize in order to participate in the movement.

I sincerely hope that this book can deliver a precious message that opens the path to a 'UNPW' for myself, my family, and all of us.

October, 2024.

Wonkyong Moon

Leading Professor, The State University of New York, Korea

(UNPW hompage: https://www.unpw-x.com)

차례

1

산책길
단상(斷想)

에필로그
(Epilogue)

단상
(斷想)

부록

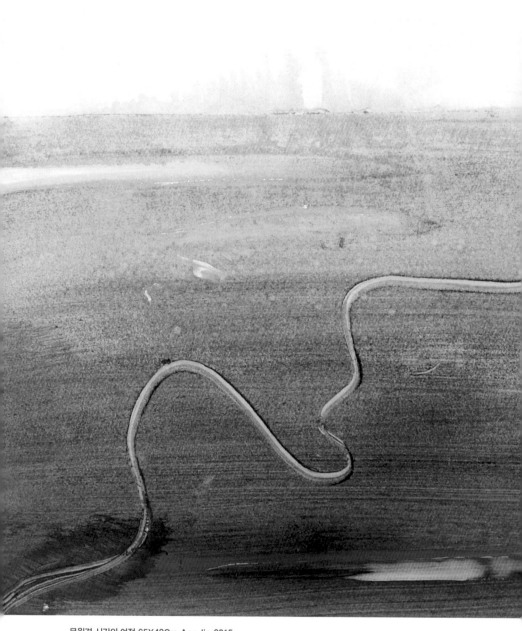

문원경 시간의 여정 65X48Cm Acrylic 2015

공유 안심 세상 피스 미러에 비친 잃어버린 자화상

그 길

하늘이 열리고
땅이 열리고
바다가 열리고

그 열린 길 환상 따라
발가벗고 쉼 없이 걸었네
구불구불한 영욕의 세파 속에

그 끝에 초록 인생 입혀
생명의 영혼 꿈꾸며 걸었네
시간의 여정 땅각 속에…

그림 시 문원경

극과 극은 위험의 근원이다.
극과 극이 만나면 스파크(spark)가 일어난다.
+, −의 전기적 현상이 스파크를 일으키듯이…:

그게 위험이다.

극과 극이 더 멀어지고 강해지고 있다.
위험의 양(兩) 극이 더 가까워지고
안심과 평화의 한 극은 더 멀어지고 약해지고 있다.

중화(中和)는 양(兩) 극을 포용할 수 있어
안심과 평화의 근원이 되는 한 극이다.

극단은 위장과 거짓의 허구의 맹목적 눈일 수 있지만
중화는 진실을 바라볼 수 있는 냉철한 눈일 수 있다.

1

산책길 단상(斷想)

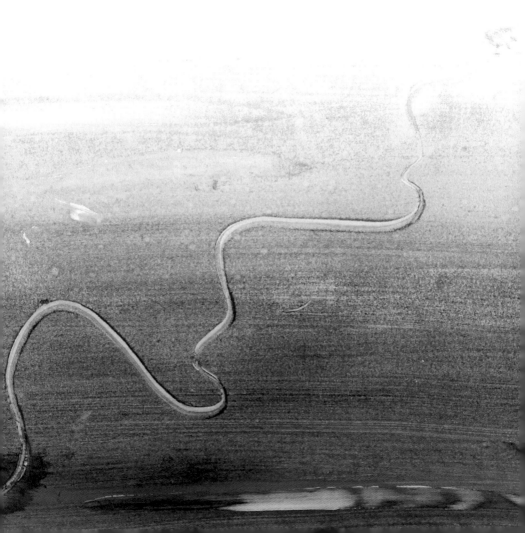

안심(peace)에 깃든 의식 산책

기후변화는 방송에 단골 메뉴가 된지 벌써 오래 되었다. 그를 보고 삶의 전율을 느끼는 사람은 별로 없다. 그래도 별일 없을 것이라는 안심 때문이다. 그리고 안전(safety)은 일찌감치 생각에서 멀어져 있다. 안심 속에 파묻혀 안전은 기별도 없다. '안심'은 영어로 'peace'로 번역된다. 그래서 안심은 '평화'가 되는 것이다. 그리고 보니 '평화' 속에 '안심', '안심' 속에 '안전'이 들어 있음을 알 것 같다. 즉, 평화≥안심≥안전이라는 관계식이 성립되지 않을까?

안전은 통상 신체적, 물적 안전을 의미한다. 심리적 안전은 이에서 다소 멀어져 있다. 최근에는 외상 후 스트레스(PTSD)니 트라우마(trauma)니 하면서 정신적 피해 문제를 제법 관심 있게 다루고 있는 것 같다. 바람직한 현상이다. 심리적 안전 없이 신체적, 물적 안전은 의미가 없는 것이 아닐까? 그래서 심리적 안전까지를 포함하는 '안심'이라는 의미가 '평화'의 중심에 자리 잡고 있는 것이다. 신체적, 물적 '안전', 정신적 '안심'까지가 조화를 이루어야 '평화'가 생성되는 것이다. 결국 안심이 평화로 연결되는 셈이다.

이렇게 '평화'에도 그 생성 원리가 있음을 알아야 하지 않을까? 그런데 그냥 '평화'라고 외쳐서는 한낱 소리 없는 메아리로 흩어져 갈 뿐이다. 기후변화를 평화, 안심 차원에서 논쟁해서는 무딘 의식이 더

공유 안심 세상 피스 미러에 비친 잃어버린 자화상

무뎌질 수 있다. 기후변화를 '안전' 문제라고 의식할 때 그나마 방송 청취율이 약간 올라갈 것이다. 그것도 약간 과장해서 심각한 '안전' 정도로 해야… 기후변화의 안심, 평화를 '안전'보다 한 차원 더 높인 개념으로 하기보다는….

하지만 기후변화의 안전이 결국 안심, 평화라는 더 고차원적 개념으로 해석될 때 기후변화 의식은 제자리를 차지하게 될 것이다. 기후변화 얘기를 듣고 그를 흘려보내는 안심이 아니라 진정으로 느끼는 안심 위협으로 받아들일 때 기후변화 문제는 진정한 인류 평화 문제로 다가올 것이다.

'위험'의 반대말이 '안전'이 아니라 '안심', 나아가 '평화'라고 읊었더니 정답이 아니라고 한다. 그래서 "그러면 '안전'의 비슷한 말은 뭐냐?"고 물었다. 그랬더니 '안심'과 '평화'라고 한다. 이른 아침 안심 산책이 평화롭게 끝났으니, 늦은 밤 안심 산책은 안전하게 끝났으면 한다.

그리고 당신의 안심과 평화의 산책길에 놓인 '피스 미러(Peace Mirror)'에 당신의 삶을, 인생을 비춰 봤으면 한다.

산책길의 허상들

현대인들에게 산책은 뭘까? 걷기 운동? 이른바 '스몸비(스좀비, 스마트폰+좀비)'라는 사람들의 스마트폰 보면서 걷기? 그 스몸비는 또 왜 그렇게도 많은지? 남녀노소 할 것 없이…. 스몸비들은 스마트폰으로 사색하면서 걷는지? 좀 양반은 이어폰으로 음악 들으면서 걷기도? 그게 성에 안 찬 사람은 아예 스마트폰으로 야외 스피커 방송 꽝꽝 울리며 걷기? 게다가 자전거족들의 신나는 짬뽕 힙합인지 뭔지 까지도? 심지어 전용 산책로까지 무식한 자전거가 귀먹은 노인이나 걸음이 불편한 논인, 장애인들은 안중에도 없이 그냥 아슬아슬하게 스치는 곡예? 종종 헬멧 대머리 킥보드족들도 씽씽 킥을 뽐내고? 희한한 공연 무대가 이곳저곳에서 펼쳐진다. 산책 나온 개들조차 덩달아 낑낑거리며 갑자기 달려 들기도 한다. 한쪽에서 길 한가운데에서 용변을 보는 예의 없는 놈들도 있다. 갇혔다가 줄에 매달린 채 반쯤 해방된 녀석들이 그래도 위풍당당(威風堂堂)을 뽐내고 싶은가 보다. 이제 양재천 산책길은 예전의 모습은 온데간데없이 사라지고 온갖 허상들이 나타나 춤추고 있는지가 오래다.

산책은 눈과 귀와 마음의 명상 시간이다. 거기다가 일종의 운동 명상이라고 할 수 있는 전체 몸의 명상이면 더욱 좋다. 느리게 걷기도 하고 빠르게 걷기도 하면서 자유자재의 몸과 마음의 자유 시간을 구가하는 것이다. 몸과 마음이 지금을 사색하고 그 연장선상에 과

공유 안심 세상 피스 미러에 비친 잃어버린 자화상

거와 미래를 올려놓는 나만의 자유 시간과 공간이다. 상상의 나래를 펴고 과거를 앞으로 당겨 걸어 보기도 하고 미래를 뒤로 당겨 걸어 보기도 하는 것이다. 그 자유 시간과 공간은 나를 비춰 보는 산책길에 놓인 거울이다. 그 거울에 나를 비춰 보면서 그 속으로 걸어 들어가는 것이다. 그 거울 속에서 나는 사색 운동을 하고 그에 따라 나만의 세상이 만화경처럼 펼쳐지다가 이내 사라지곤 한다, 나의 묵상의 시간은 그렇게 산책길에 꽃잎처럼 흩어져 그를 저려 밟고 흘러가는 것이다. 산책길은 그렇게 아름답고 향기로운 시간들이 흐르는 나만의 우주 공간인 것이다.

사람들은 흔히 지금 이 순간이 존재하는 유일한 것이고 중요하다고 한다. 그런데 산책길에는 지금 이 순간이 과거와 미래로 펼쳐지는 순간의 시간 미학의 새로운 장이 열리는 곳이기도 하다. 그래서 산책길에는 나만의 거울이 놓여 있는 것이다. 그 거울 속으로 들어가 나는 천진난만했던 나의 어린 시절로 돌아가기도 하고, 미래의 허황된 꿈속을 헤매기도 한다. 그러다가 산책길 모퉁이에서 만난 모르는 사람과 엉겁결에 미소를 나누곤 하기도 한다. 그러곤 다시 현재로 돌아오기도 한다. 새로운 사색의 시작점을 걸으며 그 현재를 다시 읽곤 한다. 나의 소중한 지금 이 순간은 산책길에서 그렇게 이어지고 있다.

원래의 산책길은 그런 곳이었다. 그런데 아쉽게도 그 산책길에 나의 거울이 깨어진 지 오래다. 온갖 허상들이 나타나 그 거울 속으로 마구 들어가 뭐가 뭔지 알 수 없는 그야말로 허상들의 만화경이 되고 말았다. 나를 바라보는 거울이 깨어져 그 속으로 들어갈 수가 없어 그저 그 비릿한 허상들 틈 사이로 코를 막고 지나가기가 바쁘다. 무엇이 문제일까?

나는 양재천 산책길 안심(안전) 감독관을 자청하고 나서 오늘도 그 허상들 중 얼마를 목격하고 뒤쫓아 목청을 높인다. "여기는 자전거 길이 아니에요." "제발 속도 좀 줄여요." "횡단보도에 사람이 지날 때는 멈추거나 서행해요." "헬멧 써요." "강아지 목줄 매세요." "배설물 치우지 않고 그냥 가면 어째요?" 기타 등등의 목청을 높인다. 산책길을 나설 때마다 평균 3~4건은 적발해 소리치는 이상한 사람이 된 지도 오래다. 그런데 지나가는 사람들은 그 속을 알 수는 없지만 "뭘 그렇게 감독관을 자청해?" 하는 말투의 눈초리로 무심코 지나가거나 힐끗 쳐다보고 지나가기 일쑤다. 대한민국의 국민 의식이 이것밖에 안 되나 하고 안타까움에 울화가 치밀어 오르기도 한다. 과연 한국이 선진국 대열에 들어간다고 할 수나 있는 걸까? 나만의 산책길 묵상이 엉뚱한 데로 비화되는 순간 나의 산책길은 심리적 안심, 평화가 아닌 심리적 위험으로 빠져 들기 일쑤다. 나의 산책길 거울은 산산조각이 나 허상들 속에 나뒹군다. 어느 땐가 웬 할머니 한 분이 산책길의 그러한 허상을 쫓는 나의 외침을 듣고 "저런 사람이 있어야 돼!" 하면서 나를 향해 환하게 미소를 짓는 그 모습을 지금도 잊을 수가 없다. 그런 사람들이 많아야 대한민국이 제대로 된 나라가 될 수 있지 않을까?

자전거 길과 사람 산책길이 평행하게 달리는 자전거 길과 사람 산책길 혼합의 괴상한 한국형 산책길이 양재천변에 설계되어 있다. 아

공유 안심 세상 피스 미러에 비친 잃어버린 자화상

니 설계라기보다는 그냥 원래 산책길을 뭉텅 쪼개 자전거 길로 분양해 준 셈이다. 외국에서나 볼 수 있는 자전거 신호등은 아예 없고 형식적으로 그어 놓은 횡단보도와 속도 제한 표시는 무용지물로 그 허세를 자랑하고 있다. 그러다 보니 '쌩' 하고 달리는 자전거를 피하듯이 더듬어 걷는 사람들을 당연하듯이 바라보며 자전거 경주장인지 산책길인지 구분이 안 될 정도로 쾌속 질주하는 자전거족들이 그들만의 자전거 전용 괴물 산책길인 양 활개치고 있다. 아니 폭주 자전거가 점령한 유명무실한 산책길이 된지 오래다. 사람 산책길이 아닌 희한한 자전거 산책길이 되었다는 것이다. 흉기로 변한 자전거 산책길….

자동차도 사람이 횡단보도를 건너면 멈추는데 왜 자전거는 멈추지 않고 사람이 피하기를 바라는가? 이 미스터리(mystery)는 오늘도 사람 산책길을 서성이며 주춤거리고 있다! 자전거족 그들에게 산책길은 허상인가? 산책길의 허상들이 오늘도 양재천변을 누비며 그 존재감을 과시하고 있다?

웬 자전거 스피커에서 천지가 진동할 정도의 그만의 음악이 쿵쾅거리며 춤을 춘다. 밤 자전거에는 강렬한 하이빔(high beam)을 뻔쩍거리며 순간 눈을 멀게 하는 괴물을 장착한 것도 있다. 안심(안전)을 위한 것인지 밤 질주의 위용을 뽐내기 위한 것이지 알 수가 없다. 그런 그들 위세에 저항하는 나의 고함 소리는 그들로부터 웬 미친개가 짖는 소리 정도로 메아리쳐 올지도 모른다. 그래도 나는 외친다. "위험해! 속도 줄여요." 들은 채도 안 하고 쌩쌩 지나가는 그의 등 뒤를 향해… 저의 아내가 "제발 그만 참견해요. 그러다가 젊은 애들이나 못된 사람들한테 폭행이나 당하면 어쩌려고 그래요? 그래서 같이 산책하러 나오기 싫다니까." 앙칼진 그녀의 우려 목소리에 나의 산책길 시간은 허공에 날아가 버리고 만다. 나도 공무원 출신이지만 행정에 대한 불신과 불만이 속에서 치밀어 오르는 것을 역겨워 하면서 산책길 단상들을 떨쳐 버리고 멍하니 서서 먼 하늘을 바라본다.

그 사이로 웬 조깅하는 젊은이가 아랑곳하지 않고 무심코 달린다. 그의 무심이 부럽기도 하다. 자전거 발(發) '심리 재난' 위험 동행?

우리의 도심 속 산책길 안심 산책은 나만의 환상인가? 그 산책길 허상들과 같이 어울려 지내는 지혜를 배워야 하는 걸까? 산책길에서 나의 외침은 깨어진 나의 산책길 거울을 다시 온전한 거울로 되찾으려는 나의 독설이 아닐까? 산책길 허상에 묻힌 로댕의 웬 '생각하는 사람'이 문득 한 줄기 독백을 읊조리고 있다. "갈수록 바이러스처럼 확산되는 안심과 평화의 파괴자들은 그들의 사고와 행태가 자기 자신을 스스로 무너뜨리는 위험의 발로인지를 모르는 걸까" "아니면 알면서도 모른 체하는 걸까" 다시금 '인간'이 안전, 나아가 안심과 평화를 해치는 '위험'의 근원임을 새삼 느끼며 산책길에 놓인 거울 속 나의 아름답고 향기로운 시간과 공간을 다시 보고 싶다. 그게 우리 모두의 공유 안심 세상(UNPW)으로 나아가는 길임을 다시 확인하고 싶다.

이제 도시인의 가까운 산책길에도 제법 선선한 바람이 따스한 가을 볕 속에 스미는 기분 좋은 오후가 되었다. 오늘도 나는 그 소중한 나의 산책길을 더듬는 나의 삶의 거울을 안심하고 평화로운 모습으로 들여다보고 행복하고 싶다.

산책길은 나의 안전을 넘어 안심과 평화를 꿈꾸는 우리 모두의 사색의 길이다. 사색의 허상들이 사라진 곳에 나의 '안심과 평화의 거울(Peace Mirror)'이 반짝이고 있다. 그 속에 나의 참모습을 비춰 볼 수 있다. 공유 안심 세상을 갈구하는 성인(聖人)을 닮고 싶은 나의 모습을….

이태원에 안심 산책길은 없었던 걸까? "도대체 왜?"가 허공을 맴도는 그곳에 안심 산책길은 왜 보이지 않았던 걸까? 인생 산책길에 드리워진 그들의 그날 함성은 어디로 사라진 걸까? 누가 그들의 함성을 삼킨 걸까? 이태원 산책길의 허상들은 왜 그리도 끈질겼던 걸까? 이태원 안심 산책길에 놓인 '피스 미러(Peace Mirror)'에 비친 낯선 영혼들이 산책길의 허상들을 되뇌며 웅크리고 있다. '공유 안심 세상(UNPW)'을 손짓하며….

'이태원 코로나 세월호 우크라이나 기후변화…', 이 긴 이름의 웬 유령이 그들 비밀을 부르고 있다.

위풍당당(危風堂堂)?

'위풍당당(威風堂堂)'의 사전적 의미는 '모습이나 크기가 남을 압도할 만큼 위엄이 있음'으로 되어 있다. 그런데 그 위풍당당은 위풍당당인데 그 위풍당당이 아니고 '위풍당당(危風堂堂)'이라니 도대체 무슨 뜻일까? 자세히 들여다보니 '위'의 한자가 다르다. 위엄의 '威'가 아니라 위험의 '危'로 되어 있다. 그렇다면 '위엄'이 당당한 것이 아니라 '위험'이 당당하다? 위험이 당당하다니 이 또한 무슨 소린가? 양재천 산책길에서 위풍당당(威風堂堂)한 허상들을 만나다 보니 그 허상들이 위풍당당(危風堂堂)한 허상들이 아닌가 싶어 갑자기 그 위풍당당(危風堂堂)이 생각났다. 그 허상들은 당당한 '위험풍(危險風)'이 아닌가 하는 생각이 들었던 것이다. 산책길을 점령한 위험풍, 산책길의 사색 길에서 만나는 위험풍이 아닐까?

현대는 개성의 시대다. 산책길 사색도 자기 취향에 맞춰 하는데 무슨 상관이람? 내가 뭔가 시대착오적인 생각을 하고 있는 것은 아닐까? 내가 보는 산책길 허상들이 실상이고 내가 그 허상이 아닐까? 시대에 뒤떨어진 생각으로 엉뚱하게 그들을 힐난하고 있는 것은 아닐까? 원래의 그들만의 위풍당당(威風堂堂)을 위험풍이 당당한 위풍당당(危風堂堂)으로 착각하고 있는 것은 아닐까? 그렇다면 산책길의 나의 거울은 처음부터 없었던 것이 아닐까? 있었더라도 그는 나의 허상을 비추는 거울이었지 않았을까? 그놈의 '위풍당당' 때문에 머리

공유 안심 세상 피스 미러에 비친 잃어버린 자화상

가 혼란스럽다.

산책길에 그들 나름의 위풍당당(威風堂堂)한 안심과 평화 속 사색을 나는 안심과 평화를 해치는 위풍당당(危風堂堂), 즉 사색을 방해하는 위험으로 바라보고 있는 것이 아닐까? 그렇지 않고 그들 나름의 사색 방식이라고 한다면 할 말이 없는 것이 아닐까? 하지만 분명한 사실은 그래서는 고요한 사색이나 깊은 사색은 쉽지 않을 것이라는 점이다. 그냥 나름의 즐기는 운동 산책이나 마음 산책 정도로 보면 될 것이다. 물론 운동 산책이나 마음 산책도 필요하다. 그러나 거기에 사색 산책이 더해진다면 금상첨화가 아니겠는가? 현대인에게 사색은 사치일까? 당장에 해결해야 할 문제들을 생각하는 것도 힘든데 무슨 사치스런 산책 사색까지 하느냐고 비웃을지도 모른다. 어쨌든 나는 산책길 안심과 평화 속 사색이 삶을 건강하게 하고 미래를 향한 지혜의 샘이 될 수 있음을 확신하고 있기에 그를 깨뜨리는 사고와 행태가 위풍당당(危風堂堂)을 부를 수 있음을 우려하고 있다.

행여 산책길에서조차 안심과 평화를 누리지 못한다면 우리의 마음이 너무 황폐해지지 않을까 하는 노파심이 부질없는 것일까? 그들은 그들이고 산책길에서 그들이 나의 사색 거울이 보존되게 방해라도 안 했으면 좋겠다. 아니 그들도 안심과 평화 속 진정한 사색을 즐겼으면 좋겠다. 그게 진정한 산책길 위풍당당(威風堂堂)이 아닐까?

지금 우리가 살고 있는 세상은 너무나 혼란스럽고 복잡하고 불확실한 위험사회에 매몰되어 있는 것이 아닐까? 각종 일반 재난 위험은 물론이고 코로나, 기후변화, 테러, 전쟁, 범죄 등 이루 헤아릴 수 없이 많은 위험 요소가 곳곳에 지뢰밭처럼 널려 있는 것이다. 이른바 '위풍 당당(危風堂堂)'의 세상이 전개되고 있는 것이다. 위험풍이 당당하게 세차게 몰아치고 있는 것이다. 그래서 자라 보고 놀란 가슴 솥뚜껑 보고 놀라는 식으로 산책길 소요(騷擾) 아닌 소요가 위풍당당(危風堂堂)으로 느껴졌던 것일까?

그래도 산책길에서만은 안심과 평화 속에 사색을 즐기는 위풍당당(威風堂堂)한 그들을 보고 싶다. 고요한 마음 속에 삶의 진지한 지혜를 비춰 볼 수 있는 각자의 사색 거울을 가졌으면 좋겠다. 사색 거울이 들어갈 마음의 공간이 없는 산책길은 그저 단순한 생활공간의 연장에 불과하지 않을까? 산책길에서만은 위풍당당(危風堂堂)에서 벗어나 안심과 평화의 위풍당당(威風堂堂)으로 가는 우리 모두의 '공유 안심 세상(UNPW)'의 사색 길이 펼쳐졌으면 좋겠다.

위험사회에서 위괴(危怪)사회로,
위괴사회에서 위좀사회로

이제 또 다른 우리의 산책길을 나서 보자. 최백호의 '길 위에서'라는 노래가 생각난다. "긴 꿈이었을까 저 아득한 세월이 거친 바람 속을 참 오래도 걸었네 긴 꿈이었다면 덧없게도 잊힐까 대답 없는 길을 나 외롭게 걸어왔네" 하면서 노래가 시작되고 있다.

인생은 위의 노래 가사처럼 머나먼 산책길이 아닐까? 양재천 산책길과는 다른 인생의 산책길…. 우리네 인생은 그렇게 짧디짧은 시간 동안 멀고도 먼 산책길을 휘돌아 가는 여정이 아닐까? 그 가운데 숱한 인연들을 만나고 또 헤어지는 한 편의 드라마가 아닐까? 그런데 최백호는 "거친 바람 속을 참 오래도 걸었네"라고 읊고 있다. 그러면서 "대답 없는 길을 나 외롭게 걸어왔네"라고 하고 있다. 가수 최백호는 뭘 생각하면서 이렇게 노래하고 있을까?

숱한 인생의 파란만장한 드라마 속 숱한 인연들을 만나 왔지만 결국 인생은 그냥 그 당시는 그게 뭔지도 모르고 찬바람 속을 헤치며 외롭게 걸어온 것이라고 가슴을 울리고 있는 것이 아닐까?

결국 삶의 여정은 안심과 평화보다는 '위험'과 '위기'의 거친 바람이는 신작로 희뿌연 먼지 구름 속을 더듬으며 비틀거리는 몸부림이지 않을까? 지나고 보니 그 희뿌연 길에는 회한만 남아 다시 돌아갈 수 없는 인생길을 한 잔의 술로 달래 보는 것이 아닐까? 그래도 그 험한 세파 속에서 살아남았음을 안도하면서…

　삶의 산책길은 이렇게 오늘도 펼쳐지고 있지만 그게 뭔지 아는 사람은 그렇게 많지 않다!

　바야흐로 세상은 갈수록 최첨단 기술 문명 시대를 향해 줄달음치고 있다. 그 이면에는 거친 위험의 바람이 불고 있음을 모른 채… 아니 위험이 아니라 '위괴(위험 괴물)'가 이곳저곳에 웅크리고 있고, 드디어 그 위괴가 '위좀(위험 좀비)'으로 변신해 가고 있는 줄도 모른 채… '위험사회'가 아닌 '위괴사회'로, 또 그 '위괴사회'가 아닌 '위좀사회'로 이행되어 가는 묘한 산책길을 우리는 걸어가고 있다. 그런데도 그 거친 위험의 바람 속 산책길에는 아무런 대답을 찾을 수 없다. 최백호가 노래 마지막 구절에서 "문을 열고 서니 찬바람만 스쳐 가네 바람만 스쳐 가네"라고 하고 있듯이 여전히 거친 위험의 바람 속 그 산책길에는 찬 칼바람만 불고 있는 것이다. 그 모진 위험 칼바람 속에 아무런 대답도 들려오지 않는다.

　'문명'과 '미개'의 차이는 무엇일까? 원시인들의 인생 산책길은 어땠을까? 문득 원시로 돌아가고 싶다! 그 속에 '안심'과 '평화'의 대답이 있지 않을까? 현대의 문명인들이 부른 이태원, 코로나, 세월호, 기후변화… 등의 문명 위험과 재난은 그들만의 전유물인가? 원시 시대의 원시인들의 전유물은 무엇이었을까? 자연과 안심과 평화?

스마트폰을 보면서 무선 이어폰으로 귀까지 막고 가는 그들은 눈이 멀고 귀까지 멀기를 자청한 위험 좀비들인가? '위좀사회'는 죽은 생명의 도시, '좀비 도시'로 가는 길목에 서서 그들을 기다리고 있는 걸까?

이 풍진세상을 만났으니

'풍진세상'이라고 하니 장사익의 '국밥집에서'란 노래에서 풍진세상의 희망가를 부르지만 결국 흙으로 돌아가는 인생의 허무함을 읊고 있는 대목들이 떠오른다. "이 풍진세상을 만났으니 너의 희망이 무엇이냐 부귀와 영화를 누렸으면 희망이 족할까 희망가를 부른다" 그러면서 "그렇다 저 노인은 가는 길을 안다 끝내 흙으로 돌아가는 길을 안다"라고 하는 데서 어쩌면 풍진세상에서의 슬픈 희망가의 한스러움을 토로하고 있는 것이 아닐까?

여기에서 '풍진세상'은 험한 세상, 즉 살기가 만만치 않은 세상인 것이다. 달리 말하면 안심과 평화보다 위험이 많은 세상이라는 의미가 될 것이다. 그런데 흥미로운 것은 이 풍진세상에서 부귀와 영화를 갈구하는 희망가를 부른다는 것이다. 부귀와 영화를 만나면 풍진세상을 피할 수 있지 않겠느냐 하는 희망을 암시하는 대목이라고 할 수 있다. 그만큼 인간은 부귀와 영화를 추구하는 원초적 욕망을 가지고 있다고 전제하고 있는 것이 아닐까?

하지만 연못에 비친 부귀와 영화의 환상에 빠져 연못에 빠진다면 거기에서 헤어 나올 수 없을 수도 있을 뿐만 아니라, 실제로 부귀와 영화를 누리게 되었더라도 또 다시 더 한 부귀와 영화를 탐하다 위험의 연못에서 다시는 헤어 나오지 못하고 말 수도 있다. 부귀와 영

공유 안심 세상 피스 미러에 비친 잃어버린 자화상

화 뒤에는 사악한 위험의 씨가 싹트고 있을 수 있음을 깨달아야 하는 것이다. 지금은 아니더라도 언젠가는 위험 현실이 닥칠 수 있음을 명심하여야 한다. 이는 그냥 입에 발린 소리가 아니라 세상의 이치인 것이다.

이 풍진세상에서 희망가는 부귀와 영화를 부르는 것이 아니라 안심과 평화를 불러야 하지 않을까? 물론 안심과 평화 뒤에도 위험이 따르기 마련이다, 영원한 안심과 평화는 없기 때문이다. 그러나 안심과 평화가 뭔지 아는 사람은 그 위험의 실체를 알기 때문에 그 위험을 경계할 수 있는 힘을 가질 수 있다. 반면에 부귀와 영화에 탐닉하는 사람은 그 위험의 실체를 잘 모르기 때문에 그러한 힘을 가질 수가 없는 것이다.

현명한 사람은 자기가 가야 할 길을 아는 법이다. 젊었을 때는 젊은 대로 늙었을 때는 늙은 대로 그의 길을 알고 다른 길로 가는 것을 경계할 줄을 안다. 그를 모르면 뜻하지 않은 낭패를 보고 삶의 나락에 빠져 예기치 못한 고통 속에 신음하게 되는 것이다. 그게 바로 이 풍진세상에서 희망가를 잘못 부르면 그렇게 될 수 있다는 애기가 아닐까? 희망가를 못 부르라는 게 아니라 탐욕에 도취되어서는 안 된다는 것이다. 장사익의 노래에서 노인이 끝내 흙으로 돌아가는 길을 안다는 것은 희망가를 부르지만 결국 그 탐욕의 무상함을 깨닫게 됨을 말하는 것이 아닐까? 젊은이도 언젠가는 늙어 노인이 되어 그 역시 흙으로 돌아간다는 사실을 깨달을 수 있다면 이 풍진세상에서 진정한 희망가를 부를 수 있을 것이다. 그것은 부귀와 영화의 희망가가 아니라 진정한 안심과 평화 속 행복의 희망가가 아닐까? 비록 보통의 평범한 삶이지만 몸과 마음의 안식처를 갈구하는 안심과 평화 속 소소한 행복을 찾아 나서는 희망가를 부른다면⋯.

장사익의 노래는 노인에게 진정한 희망가는 자연의 섭리에 따라 흙으로 돌아간다는 시·공간적 진리를 깨닫는 것이라는 중요한 메시지를 우리에 던지고 있는 것이 아닐까? 자연의 섭리는 어려운 것이 아니라 어쩌면 쉬운 '상식'이라고 할 수 있다. 그 쉬운 상식을 잊고 어려운 비상식 속의 그 무엇을 찾아 헤매고 있는 것이 아닐까? 이 자연의 섭리에서 안심과 평화가 나온다. 그리고 그 안심과 평화에서 부귀와 영화도 맛볼 수 있다. 이게 우리 인생길의 진정한 희망가가 되어야 하지 않을까? 나훈아의 소크라테스를 부르는 '테스 형!'이란 노래가 장사익의 노래와 겹쳐 온다. 둘 다 자연의 섭리를 갈구하고 있는 것이 아닐까?

'자연의 섭리'가 이 풍진세상의 희망가가 되어야 한다! 그게 이 풍진세상에서 안심 산책의 이정표를 따라 안심과 평화의 길로 가는 진정한 희망가가 되어야 한다.

문원경 임계상태 79.0X54.5Cm Acrylic 2016

연작시 '길'

길 1

길은 길인데 아닌 길을 가려 한다
허상을 붙잡고 춤추며 가려 한다
허상의 칼춤에 덩달아 들썩거린다
그 길에 널브러진 가면들 뒤집어쓰고
허상을 흩뿌리며 아닌 길을 가려 한다

길은 길인데 없는 길을 가려 한다
환상을 붙잡고 춤추며 가려 한다
환상의 유혹에 맥없이 흔들거린다
그 길에 널브러진 유령들 들쳐 메고
환상을 흩뿌리며 없는 길을 가려 한다

길 2

길 없는 길에 앉아 삶의 궤적을 그린다
그 길에 길이 없었음을 다시 그린다
산발을 한 인생 여정이 나무란다
갈 길도 없이 정글을 헤치며 왔냐고
인생길은 있었는데 못 찾았다고 답한다

인생길에 길이 있었음을 서서 바라본다
그 길에 길이 있었음을 다시 그린다
산책길 거울에 비친 나를 다독거린다
길이 있어도 없는 듯 그런 게 좋지 않겠냐고
인생 산책길에 그렇게 하겠노라 답한다

길 3

호롱불이 길을 따라 가는가
길이 호롱불을 따라 가는가
까아만 안개를 걷으며 길이 간다
가다가 가끔씩 어두움 두리번거린다
산속에 헌 집이 아득하게 멀어져 간다

그림자가 길을 따라 가는가
길이 그림자를 따라 가는가
무거운 발걸음 걸으며 길이 간다
가다가 가끔씩 등짐 벗어 흥얼거린다
바닷가 오두막이 고즈넉이 다가온다

문원경 존재 65X48Cm Acrylic 2015

공유 안심 세상 피스 미러에 비친 잃어버린 자화상

존재의 존재

존재의 이름을 탐구하다
존재에 존재가 또 있음을 알고
존재에 매몰됐다
존재가 존재를 낳고
존재가 존재를 읽고
그게 존재의 이유일까

존재의 이름을 탐구하다
존재에 존재가 또 없음을 알고
존재에 고립됐다
존재가 존재를 망각하고
존재가 존재를 잃고
그게 존재의 운명일까

존재가 반짝이는 그곳에
존재를 내팽개친 존재가
검게 빛나고 있음을
그대는 아는가
존재와 존재의 흑백 논리를
그게 생명의 연대(連帶)임을…

그림 시 문원경

음악은
신의 소리, 자연의 소리를
인간이 흉내 내어 읊고 있는 것이다

인간의 음악보다
신의 음악, 자연의 음악에 귀 기울이면
진정한 영혼의 소리를 들을 수 있다.

덧없는 권력·명예·돈에 현혹되고 매몰된 인간들의
슬픈 영혼의 고뇌는
인간의 음악에 장단을 맞춰 깊어만 간다.

2

그들의 자화상

자연인으로 산다는 것: 인간과 자연

인간은 자연의 일부이다. 하지만 이를 잘 모른다. 자연과 별개의
그 어떤 인간 세상에서 근원된 존재라는 데에 사로잡혀 자연과 대립
의 삶을 당연하다고 생각하는 착각에 빠져 있는 것이 아닐까? 그러
면서 인간이 종국적으로 갈구하는 자연으로의 회귀 본능은 또 무엇
을 말하는 것일까? 인간과 자연 관계의 본질을 제대로 깨달을 수 있
을 때 자아의 실체도 제대로 깨달을 수 있지 않을까?

인간은 자연에서 나서 자연으로 돌아가는 과정의 인생의 산책길
을 걷고 있는 것이다. 그런데 그 '자연'을 잊고 그 '인간'만을 생각하
면서 살아가고 있는 것이 아닐까? 자연을 정복과 지배의 대상으로
'나'와 별개의 대상으로 객관화하면서 자기만의 세상에서 탐욕스럽
게 살아가고 있는 것이 아닌가 싶다. 여기에 인간의 가장 큰 사고와
행태의 오류가 있음을 모른 체… 아니 알지만 현실이 그를 허용하지
않는지도 모른다.

인생길에 놓인 그들의 거울에는 쉼 없이 자연의 허상이 비춰진다.
그들은 그를 실상인 양 하고 즐기는 대상으로 눈요기, 귀요기를 하
면서도 한편으로는 짓밟기도 하는 것이다. 그래서 하얗게 눈 덮인 산
야와 은빛 물결의 강물을 바라보면서 감탄하고 사진을 찍고 노래를
흥얼거리기도 하면서도 진즉 그들의 인생길 거울에 자연을 찾는 그

공유 안심 세상 피스 미러에 비친 잃어버린 자화상

들은 없다. 자연을 읽는 그들은 없다. 자연을 잊은 그들에게 그들도 없는 것이다.

자연을 잊고 인간만을 생각하는 그들에게 자연은 그 허상만을 비출 뿐이다. 그 허상을 보고 그들은 깨춤을 추고 있는 것이다. 그들만의 댄스, 댄스, 댄스…를! 그들에게 자연이 있는 것 같지만 사실은 없는 것이다. 그저 그 허상 앞에서 그와 함께 춤을 추고 있는 것이다. 어쩌면 그들과 함께 있는 자연의 허상들조차도 그들의 인생길 거울에서 사라진지 오래인지도 모른다. 그런데도 그들은 그 없는 허상들을 붙잡고 그 허상들이 실상인 듯 착각하고 있다. 허상도 없는데 실상이 있을 수 있는가? 착각도 그런 착각은 없을 것이다. 아니 착각이라기보다는 정신 나간 짓이라고 할 수 있지 않을까?

앞의 장사익의 노래에서 "그렇다 저 노인은 끝내 흙으로 돌아가는 길을 안다"라고 읊고 있다. 이는 바로 종국적으로는 자연으로 돌아가는 생명의 숙명을 얘기하고 있는 것이 아닐까? 인간은 자연에서 나서 자연으로 돌아간다는 숙명을…. 다만 노인이 되어서야 이를 안다는 것 같아 아쉽기는 하다. 젊어서는 그냥 자기가 이 세상에서 제일인 양 인간 중심적으로 살다가 늙어서야 자연의 소중함과 그에 대한 그리움을 나타내는 때늦은 서글픔일까?

요즘 TV에서 방영하는 '자연인'에 대한 스토리가 제법 인기를 끌고 있다고 한다. 대부분의 출연자들이 삶의 현장에서 좌절을 맛보거나 한 후에 찾는 현실 도피적인 경향 등을 토로하고 이제 그에서 해방되고 있음을 얘기하는 줄거리로 되어 있다. 이는 뭘 말하는 걸까? 인간은 결국 자연인으로 살 수밖에 없음을 말하는 것이 아닐까? 아귀 같은 인간 세상에서 퇴출되건 탈출하건 간에 결국은 자연을 희구하는 인간의 본성적 사고와 행태를 말하는 것이 아닐까? 그 TV 방송은 우리에게 자연인의 삶 자체가 아니라 그 위에 덧씌워진 인간과 자연의 관계에 대한 본질을 알리는 중요한 메시지를 전달하고 있는 것이 아닐까? 당신은 이를 읽고 있는가?

'자연물과 자아가 하나가 된다'는 뜻인 '물아일체(物我一體)'는 인간과 자연이 하나가 되는, 주체와 객체가 하나로 되는 것을 의미한다. 이는 바로 자연인으로 산다는 것을 의미하지 않을까? 현실은 어떤가? 그 물아일체와 정반대로 가고 있지 않은가? 삶에 지쳐서 자연을 찾는 사람들은 자연과 하나가 되기 위한 것 같지만 실은 자연을 이용하고 있는 것이다. 그저 자신의 위안의 대상으로 자연을 바라보고 있는 것이다. 진정한 자연과의 물아일체는 없다고 봐야 할 것이다. 게다가 그 자연을 파괴하는 것을 일삼고 있으니⋯ 기후변화가 인간의 물아일체 흉내를 비웃고 있지 않을까? '자연인으로 산다는 것'은 자연과 하나가 되어 자연의 섭리에 따르며 자연의 거울 속에 자신을 비출 수 있는 용기와 지혜를 가진 자만이 가능한 논리임을 깨달아야 할 것이다.

이 풍진세상에 사는 현대인에게 자연인으로 산다는 것은 하나의 축복이다. 그 축복은 자연의 거울 속에 자신을 비추며 그 자연과 함께 안심과 평화를 갈구하는 인간과 자연 모두의 '공유 안심 세상

(UNPW)'의 길에 놓여 있는 꽃잎들인 것이다. 그를 저려 밟고 자연의 축복을 받고 또 자연을 축복하는 유토피아(utopia)를 꿈꿔야 하지 않을까?

자연인으로 산다는 것은 인간에 억매이지 않고 진정한 자유인으로 산다는 것이다. 자연은 망각의 숲이다. 인간을 망각하고 나를 망각하는 진정한 나의 보금자리다. 누구에게 감사할 필요도, 누구에게 겸손할 필요도, 누구를 사랑할 필요도 없는 시간과 공간 망각의 자유는 한줌의 흙을 만지는 손끝에서 그 싹이 튼다. 그리고 그 흙이 틔운 파아란 생명의 싹은 손끝에서 파아란 자유를 부른다. 그 파아란 자유가 진정한 자유임을 아는 어리석음이 또 다른 자유를 부른다. 그 자유는 나를 망각함으로써 역설적으로 나의 자아의 실체를 인식하는 그 무엇인 것이다!

자연=인간=자연인=자유인의 공식을 깨달은 자연인은 흙에서 나서 흙으로 돌아가는 길을 찾는 자유의 구도자가 된다.

"자연인은 자유인이다!" 구도자의 마지막 외침, 그리고 그에게서 진정한 자유는 떠나갔다.

'자유'가 어떻다고 외치는 일이 부질없는 것인 데도 그들은 오늘도 자유를 찾겠다고, 찾아 주겠다고 외치고 있다. 그들은 누구인가?

느리게 산다는 것

'느리게 사는 삶'은 종종 현대인에게 사치스러운 얘기로 치부되고 있다. 그만큼 느리게 사는 삶이 쉽지 않음을 말하는 것이리라. 느리게 산다는 것은 한마디로 여유로운 가운데 안심과 평화를 누리면서 산다는 것을 의미한다. 안심과 평화가 깃들지 않으면 여유로움은 불가능하다. 따라서 느리게 산다는 것은 안심과 평화를 갈구하는 삶을 살겠다는 것이다. 그래서 느리게 산다는 것 자체가 쉬운 일이 아니다. 현대인의 삶은 복잡한 가운데에 불안정과 불안, 그리고 위험의 연속이기 때문이다. 느리게 사는 삶이 사치로 치부될 수 있는 이유이기도 하다. 그러면 어떻게 살아야 느리게 살게 될까?

'자연인의 삶'에 그 답이 있지 않을까? TV에 방영되는 '자연인' 스토리가 아니라 당신의 '마음 거울'에 비친 '자연인' 실상에 그 답이 있지 않을까? 자연인 '허상'이 아닌 '실상'에… 이는 자연의 자연인이 아니라 마음의 자연인이 되어야 함을 말한다. 그냥 자연 속에 들어가 산다고 해서, 또 자연을 벗한다고 해서 자연인의 삶이 이루어지는 것은 아니다. 내 마음 속에 자연의 안심과 평화가 자리 잡고 그 속에서 나를 바라보고 그와 일체가 될 수 있을 때 나는 진정한 자연인의 삶인 느리게 사는 삶을 구가할 수 있게 되는 것이다.

슬로길, 슬로푸드 등 '슬로(slow)'란 이름만 붙인다고 느리게 사는

공유 안심 세상 피스 미러에 비친 잃어버린 자화상

삶이 이루어지는 것은 결코 아니다. 마음 거울에 비친 나의 자연인 상(像)을 슬로길에서 슬로푸드를 먹으면서 만나 보자! 앞도 뒤도 돌아볼 겨를도 없이 그렇게 그 뭔 허상을 좇아 바쁘게 살았지만 내 몸과 마음이 그 각박한 틈새에 끼여 지쳐 병들어 가는지도 몰랐던 회한이 서린다. 또 다른 회한들이 서린다. 가족들과 정성 들여 손수 만든 음식을 같이 웃으며 먹을 시간도 없이 외식으로 한 끼를 때웠던 바쁜 삶에 찌들었던 지난 시간들! … 그런 회한이 서린 시간들은 이루 다 말할 수가 없다. 느리게 사는 삶은 일찌감치 도망가고 없었다는 자책 섞인 회한이 밀려온다. 그러다가 늙어서는 강요된 느리게 사는 삶을 맞이하는 서글픈 현실에 직면하게 되는 회한 아닌 회한에 젖어 든다. 더구나 요즘 젊은이들은 패스트푸드 같은 기본 패스트 패턴은 물론이고 정체불명의 패스트 유행을 응용 패스트 패턴으로 능수능란하게 다루는 등 느리게 사는 삶과는 점점 더 멀어지는 길로 가고 있다. 그들만의 '빠르게 사는 삶'을 찾아서…. 그게 바로 그들에게 핫(hot)한 삶을 사는 방식인 것이다.

빠른 삶은 강할 수 있지만 부러지기 쉽다. 느린 삶은 약해 보이지만 유연하여 부러지지 않고 변화에 잘 적응할 수 있는 또 다른 강함이 있다. 직선의 빠른 삶의 궤적보다 곡선의 느린 삶의 궤적이 더 아름답기도 하지 않을까? '곡선의 느린 삶의 미학'에서 진정으로 강하고 아름다운 삶의 철학을 읽을 수 있지 않을까? 이 느림의 삶에는 잠깐 멈추어 쉬는 '멈춤의 미학'도 있다. 이는 그냥 멈춤이 아니라 여유와 리듬의 짧지만 긴 호흡이다. 그리고 삶의 매듭을 하나씩 짓는 지혜의 호흡이다. 들숨과 날숨은 파동의 마루와 골에 해당되며 잠깐 멈춤은 그 파동의 전환점이 된다. 그 전환점은 수평선으로 이어지며 그 수평선은 삶의 매듭 점들이 모인 선이 된다. 그 선이 삶의 생명의 호흡이 제대로 이루어질 수 있는 생명선이고 당신의 삶의 궤적이다! 시끄러운 마루와 골이 아니라 조용히 호흡이 시작되고 전환되는 그 매듭 점, 수평선이 진정한 당신의 생명의 호흡의 원천이다!

토끼보다 훨씬 느린 거북이는 토끼보다 몇십 배 건강하게 오래 산다. 이게 생명의 섭리, 자연의 섭리가 아닐까? 느리게 사는 삶에 바로 자연의 안심과 평화의 기운이 깃들어 있기 때문이 아닐까? 느리게 사는 삶 속에 여유로움이 깃들고 그 여유로움 속에 안심과 평화의 '마음 거울'이 빤짝거리고 있기 때문이 아닐까?

젊은 날 느리게 사는 법을 익히면 늙어서도 여유 있는 삶을 누릴 수 있다. 늙어서 어쩔 수 없는 '강요된 느림'이 아니라 '자유스러운 느림'을… 느리게 산다는 것은 바로 '자유'를 구가하는 것이다. 방심의 무질서가 아닌 진정한 안심과 평화의 자유의 질서를…

느리게 사는 삶은 여유의 시간을 통해 여백의 공간을 창출하기도 한다. 그리고 그 여유와 여백은 무한한 새로운 시·공간을 창출한다. 안심과 평화의 시·공간도 여유와 여백의 향기 속에서 아름답게 피어난다.

당신은 느리게 사는 여유의 시간 속에 삶의 여백의 공간을 얼마나 창출했는가? 그 여백이 무한한 여유를 창출하는 배경이 된다. 결국 여백이 무한한 시·공간을 창출한다. 여유와 여백이 선순환 고리를 형성한다. 느리게 사는 삶의 여유에서 창출된 인생의 여백이 인생의 미완성이 아니라 인생의 완성이라고 할 수 있지 않을까?

옛것

지나간 옛것에 대한 그리움은 누구에게나 있다. 초가 고향 마을, 창호지 너덜거리던 구들방, 구멍 난 봉창 방, 뒷문 달린 대청마루, 나무 때던 부엌 아궁이, 떡 매질하던 절구통, 홍시 감 벼 궤에 묻어 둔 광, 재래식 통 변소, 변소 옆 볏짚·농기구 등 헛간, 뒤뜰 남새밭과 뽕나무밭, 할머니 집 누에 치던 잠실…. 집안 밤공기를 타고 흐르는 숯불 다리미질과 다듬이 방망이질을 하던 어머니, 밤새 재봉틀 돌리며 가족들 옷 만들고 해어진 옷과 양말 깁는 바느질하던 어머니, 삼·모시 삼고 물레 돌려 명주실 뽑는 할머니, 길쌈질 해 삼베·모시·명주 만들어 가족들 옷 만드는 할머니, 문풍지 새 바람에 가물가물하는 희미한 등잔불 아래에 손주 무릎에 뉘고 옛날 얘기하던 할머니, 희미한 호롱불 받쳐 들고 마실 나간 할아버지 마중 나온 할머니, 여름날 저녁에 모캣불(모깃불의 사투리) 피워 놓고 평상에 오순도순 이야기꽃 피우며 둘러앉아 파아란 밤하늘의 별들을 세던 그들…. 그때는 밤하늘에 웬 별이 그렇게도 많았던지…. 그들의 정겨운 모습 속 정담들이 그때 그 별들에 묻혀 끝없이 떠오른다.

비 오는 날은 마당가 우수로 겸 하수로(그 당시에는 크게 오염될 게 없었음)에서 미꾸라지들이 튀어 나와 빗줄기 타고 하늘로 치솟았다 마당 바닥에 떨어져 펄떡거리곤 했다. 그를 생각하니 더운 여름날 두레박으로 차디찬 우물물을 퍼 올려 목물 시키는 어머니에게서 그 미꾸라지처럼 펄떡거리면서 빠져 나가 도망가기도 한 일이 생각나는 것은 또 웬일까? 그때는 왜 그렇게 씻는 것을 싫어해 미꾸라지 같이 도망 다녔던 걸까? 논 옆 덤벙(소규모 농업용수용 웅덩이, 경상도 사투리)에서 물장구치며 놀던 그 개구쟁이가 왜 어머니의 그 목물에는 저항 아닌 저항을 했던 걸까? 새까맣게 때 낀 손을 뜨거운 물에 불려 돌맹이로 빡빡 밀어 때를 벗기던 무서운 어머니 손에서 벗어나기 위해 발버둥 치던 기억이 새삼 그 목물 저항과 오버랩되어 스쳐 지나간다.

딱지치기, 구슬치기, 비석치기, 패차기, 팽이돌리기, 제기차기, 남북 분단의 아픔이 서린 것 같은 땅뺏기·삼팔선 등의 놀이, 무궁화 꽃이 피었습니다, 술래잡기, 말타기, 짚 밧줄 등 너덜너덜한 줄 위를 아슬아슬하게 넘나 드는 줄넘기, 고무줄놀이, 술래잡기, 그네타기, 널뛰기, 강강술래, 쥐불놀이 등 옛 '자연 놀이'에 깃든 생명의 인간·현실 세상 '무욕(無慾)' 놀이는 오늘날 무수한 '인공 놀이'에 찌든 무생명의 기계·사이버 세상 '탐욕(貪慾)' 놀이에 비할 수 있을까? 그 향수에 아련히 젖는다.

동네 형들이 짓궂게 재미로 붙이는 꼬마들 싸움, 결국 종종 나중에는 코피가 터져 분해서 엉엉 울기도 하고 해 이를 보고 즐기는 그들만의 놀이도 있었다. 문득 오늘날의 킥복싱이 연상되는 것은 그 당시의 그 싸움 놀이가 어린 마음에 매우 두려웠던 공포의 대상으로 회상되기 때문이 아닐까?

지금과 달리 오히려 시멘트 바닥이 귀했던 그 시절에는 그렇게 하루 종일 흙에 묻혀 노는 게 유일한 놀이라 자연히 발달한 집밖 각종

'무상(無償) 자유 놀이'의 놀이 풍년에 배고픔도 잊은 채 푹 빠져 있
다 잃어버린 시간을 다시 찾아 어두컴컴할 무렵에야 집으로 돌아오
곤 했다. 그렇게 땀으로 얼룩진 검은 얼굴과 흙투성이 까아만 손발
을 뒤로 한 채 잃어버린 시간을 찾아 밥때를 놓쳐 늦게 집에 들어오
는 날에는 어김없이 때 긴 새까만 손과 장딴지에 어머니의 불호령이
떨어진다. 그래도 허기진 배를 채우기 위해 한차례 닭똥 같은 눈물
이 얼굴 흙물로 얼룩져 내린 후 아랑곳하지 않고 보리밥을 된장과
열무김치에 휘말아 뚝딱 먹어 치우고 구멍 뚫린 창호지 새로 스미는
문풍지 바람 소리를 자장가 삼아 이내 곯아떨어진다. 여름이면 구멍
난 모기장 속을 동서남북 360° 빙글빙글 돌아 헤치고 서로 발로 차
기도 하며 이리저리 엮인 채 곤한 단잠에 빠진 형제들, 아침이면 어
머니의 앙칼진 기상나팔에 방향 감각을 잃고 허겁지겁 서로의 구속
을 풀고 자유를 찾는다!

　집밖에는 소달구지가 덜컹거리며 희뿌연 먼지 이는 한 폭의 그림
같은 한적한 오솔길처럼 놓여 있는 신작로 길, 아침이면 그 위로 지
금은 흔적을 감춘 제비들이 수없이 많이 떼 지어 날고 철없는 아이
가 대 빗자루 들고 제비 잡느라고(실제로 제비를 한 마리 잡았음) 요리조
리 뛰어 다녀도 교통사고 날 일 없는 신작로 길, 버드나무 가로수가
한낮 햇볕 아래 매미 울음소리에 졸던 신작로 길, 해어진 고무신 아
래로 작은 돌멩이들이 콕콕 찔러도 아프다 하지 않고 그 신작로 길
을 쏜살같이 뛰어 다니던 그 운동장 길… 그 길에서 뒹굴던 동네 아
이들, 학교 운동회 날 입었던 흰 줄 무늬 검정 팬츠 덜렁 걸치고 냇
물, 덤벙 등에서 물방개, 풍뎅이 등과 함께 물장구치며 물 씨름하던

그들 개구쟁이들, 그 개구쟁이들이 산과 들을 헤매며 매미와 잠자리, 메뚜기, 올챙이, 송사리, 미꾸라지, 붕어, 고태기(고향 바다 입구 강에 사는 민물고기 일종) 등을 잡고, 호박꽃으로 개구리 등을 잡기 위해 유혹을 하고, 어쩌다 뱀장어라도 한 마리 잡으면 운수대통 한 듯 으스대고…. 그러다가 따스한 봄날 뫼등에 하얗게 올라오는 띠(삐비, 삘구, 삘기 등 사투리로도 불림)를 입에 물고 허기를 달래기도 한 그 어린 시절 친구들과 고향 길과 산야는 어떻게 변했을까?

　장독대 위에서 놀다 넘어져 장독을 깨고 어머니에게 혼난 기억은 지금도 나의 이마에 그때 다친 상처로 인한 흉터로 남아 있다. 무엇보다 엿장수 가위 소리에 산지 얼마 안 된 어머니 새 흰 고무신 한 짝만을 들고 나가(두 짝 다 들고 나가면 들통 날까 봐 하는 웃기는 짬뽕) 엿 바꿔 먹고 시치미 떼다 결국 들통 나 혹독하게 시련을 겪은 기억은 희비극으로 다가와 나를 가끔씩 미소 짓게 하는 묘한 슬픈 추억을 자아내게 한다. 그 어머니가 지금 92세의 너무나도 순하디순한 할머니가 되어 나를 멍하니 바라보기만 한다. "세월이 얼마나 흘렀을까?" 어머니와 내가 서로를 의아하게 바라보며 중얼거리고 있다.
　엿장수 하니 서글픈 추억이 또 하나 떠오른다. 그 더운 여름날 아이스케이크가 먹고 싶어 해수욕장에서 내 키 크기만 한 통을 메고 아이스케이크를 팔러 다닌 것이다. 한 통을 팔면 몇 개의 아이스케이크를 얻어먹을 수 있었기 때문에… 어머니 고무신 훔쳐 엿 바꿔 먹는 대신 내 노력으로 아이스케이크를 먹을 수 있는 자립 갱생 정신이 발동했던 걸까? 그 시절의 삶은 순수했다. 그 순수했던 옛 동심이 나를 깨운다. 그게 뭘까?

나의 어린 시절 옛 추억의 시간은 그렇게 저물었지만 내가 사회에 진출해 겪은 온갖 영욕의 시간보다 그 어릴 적 설익은 풋풋한 고향 내음의 아련한 추억의 시간이 더 선명하게 다가온다. 왜 그럴까?

　지나간 옛것을 그리워하고 다가올 새것을 동경함은 인간의 본성이지 않을까? 그런데 그 옛것에 대한 그리움도 어떤 옛것이냐에 따라 차이가 있기 마련이다. 숱한 경쟁과 투쟁 속 삶의 현장에서 맛본 단맛과 쓴맛에 대한 옛 추억은 일시적 기쁨이나 다시금 역습하는 가슴 쓸어내리는 아픔으로 다가와 아리송한 웃음을 남기며 사라지곤 한다. 그래서 그 추억들은 점차 희미하게 옅어져 간다. 물론 거기에는 사랑의 연정에 대한 달콤함과 뼈저린 아픔 같은 것도 포함 될 것이다. 하지만 위에서 서사(敍事) 한 나의 어릴 적 시골 고향 추억은 아련히 그 먼지 휘날리는 신작로 길 위를 끝도 없이 휘돌아다닌다. 점점 더 가까이 짙어져 온다. 더 먼 옛 시간과 공간인 데도 말이다. 그래서 진정한 옛것이 거기에 있음을 알고 염화시중(拈華示衆)의 묘한 미소가 입가에 번진다. 그게 뭘까?

　옛것은 자연에 대한 인간의 본성적 그리움에서 나오는 그 무엇이 아닐까? 자연 동화 속 얘기가 아닐까? 그 속에 '자연'이 있기 때문이 아닐까? 옛것에 대한 그리움은 자연으로 돌아가고픈 인간의 본능적 정서일 것이다. 그는 다름 아닌 안심과 평화를 추구하는 인간 본성의 발로일 것이다. 이는 또 다름 아닌 여유로운 삶을 추구하는 인간의 자연적 모습이라고 할 수 있다.

진정한 옛것은 아름답고 향기롭다. 어머니의 품안 같이 따뜻하고 포근하다. 그런데 현대인들은 옛것보다는 새것을 무한정 갈구한다. 심지어 오늘의 것이 내일이면 옛것이 되는 극초음속 변화 시대를 갈구한다. 그 옛것은 돌연변이의 옛것이다. 거기에는 자연의 옛것은 생겨날 수가 없다. 진정한 옛것은 거기에는 없는 것이다. 그에서 코로나가 설치는 건 아닌지 엉뚱한 의구심을 가져 봄은 지나친 논리적 비약일까?

　자연의 섭리를 벗어나는 새것보다 자연의 섭리를 따르는 옛것을 찾는 지혜가 필요하지 않을까? 자연의 섭리를 벗어나는 새것도 옛것이 되는 것은 마찬가지지만 진정한 옛것이 아니다. 자연의 섭리를 따르는 새것만이 진정한 옛것이 될 수 있다. 진정한 옛것은 자연의 섭리 속에 숨겨져 있는 자연을 숨 쉬는 호흡이다! 진정한 옛것을 찾아 즐기는 삶이 바로 자연인으로 사는 삶, 느리게 사는 삶의 여유로움을 가져다 줄 수 있지 않을까? 그는 안심과 평화를 즐기는 인생 산책길에 놓여 있는 우리들의 새 인생 거울인 것이다. 옛것이 진정한 새것이 될 수 있다! 옛것에 대한 추억을 옛것 놀이 등과 함께 섞은 시네마스코프를 한번 틀어 보면 어떨까? 자연의 섭리 속 옛것을 숨 쉬는 당신의 옛 모습을 그 인생 거울에 환하게 비춰 볼 수 있지 않을까? 옛것의 새 옷을 입고 안심과 평화 속 환히 웃는 당신의 모습을….

　옛 고향에도 아마도 이제 그 옛 추억의 현장은 사라지고 없을 것이다. 그래도 당신의 마음속 옛 고향과 추억은 살아 있다. 마음 거울에 그를 비추며 지나간 옛 인생 산책길을 더듬어 가 보면 어떨까? 그 시절 그 '자연 놀이'의 산책길을 찾아…. 그때의 삶은 그 자체가 하나의 자연 놀이의 산책길이었던 것이 아닐까? 안심과 평화의 옛 고향은 아직도 당신의 마음속에 살아남아 당신을 애타게 부르고 있다. 무심한 당신을….

옛날 사람에게는 그런 향수 어린 시나리오가 가능할지 몰라도 요즘 젊은이에게는 그건 현실과 동떨어진 동화 속 애기라고? 과연 그럴까? 비록 옛날과 같은 자연 정취 물씬 풍기는 옛 추억은 만들 수는 없지만 마음속에 나만의 옛것을 비춰 볼 수 있는 마음 거울을 달아 보면 어떨까? 그리하여 마음 거울 속 옛것이 녹아내린 안심과 평화를 갈구하는 자신을 비추어 볼 수는 있을 것이다. 옛날 사람도 그 같은 마음 거울이 없으면 마찬가지로 그에게 진정한 옛것은 없는 것이다. 인생 산책길에 놓여 있는 그 같은 마음 거울을 비추면 옛날 사람 못지않게 젊은이 당신에게 더 멋진 옛것이 펼쳐질 수 있음을 깨달아야 한다. 옛것의 아름다움과 향기로움 속에 안심과 평화의 인생 산책길을 걸어갈 수 있는 '마음 거울' 속 나를 찾아….

문득 요즘 유행하는 트로트 열풍의 정체가 궁금하다. 코로나로 인한 '집콕' 덕? 방송 연예 전략? 옛것 정서법(情緖法)의 발로? 여하튼 트로트 열풍은 아직 꺼질 줄 모른다. 그게 옛것에 대한 일시적 향수가 아닌 생활 속 옛것 향수로 자리 잡았으면 좋겠다. 다른 수많은 옛것에 대한 '레트로(retro)' 바람도 일어났으면 좋겠다. 옛것 속에는 안심과 평화를 부르는 회상의 시간 마법이 깃들어 있지 않을까?

공유 안심 세상 피스 미러에 비친 잃어버린 자화상

그런데 아쉽게도 너무나 빠른 새것 유행의 물결 속에 모든 게 하루가 다르게 새로워지는 듯한 착각 속에 옛것을 생각할 겨를도 없이 새것이 나타났다 사라지곤 한다. 그 새것이 등장하자마자 바로 옛것이 되는 세상인 것이다. 그러다 보니 어느 게 새것이고 옛것인지 구분도 잘 안 된다. 특히, 요즘 신조어는 과연 우리에게 표준 국어가 있는가 하는 의구심이 들 정도로 젊은이들 사이에서 날아다니고 있다. 나이든 사람들은 그게 무슨 말이지 몰라 일순간 외계인 세상에 온 듯한 이방인 착각 속에 고개를 갸우뚱거리게 된다. 바야흐로 무식쟁이가 따로 없는 새것 홍수 세상이 그 모습을 수시로 바꾸면서 엄습해 오고 있는 것이다.

그래도 그 새것 홍수 속에서도 옛것을 그리워하는 인간의 본성은 살아 숨 쉬고 있으리라⋯ 옛것을 갈구하는 인간의 본성이 자연, 자연의 섭리의 깊은 곳에서 살아 숨 쉬고 있는 한 옛것의 생명력은 그 자연, 자연의 섭리 속 안심과 평화의 숨결을 다시금 부를 것이다. 옛것이 자연의 생명 속에 살아나고 그 자연의 생명이 바로 안심과 평화가 되는, 새것에 살아 숨 쉬는 옛것의 자연, 자연의 섭리 속 안심과 평화의 생명력!

'옛것의 새로움'을 아는 자만이 진정한 자아 발견의 '지혜 거울' 속에 비친 안심과 평화의 생명력을 읽을 수 있지 않을까?

꼰대의 미학과 불편함의 미학

　젊은이들은 그들의 사고와 행태에 시시콜콜 참견하는 나이든 어른을 흔히들 '꼰대'라고 비꼬아 말하곤 한다. 왜 그럴까? 옛 사람, 옛것은 고리타분하다는 얘기가 아닐까? 왠지 옛것은 거추장스럽고 불편해 보인다. 그래서 옛 사람인 꼰대의 사고와 행태가 거추장스럽고 불편하다는 것이리라. 새것만을 추구하는 그들에게 옛것은 안중에도 없는 것이다.

　그러면 새것은 무조건 좋고 편한가? 편함과 불편함의 기준은? 불편함 속에는 의외로 자연의 삶과 느림의 삶의 철학이 들어 있다. 그속에는 안심과 평화가 깃들어 있는 것이다. 편함의 반대말은 무엇일까? 불편함? 아니다. '위험'이다. '편익'을 누리면 거기에는 반드시 '위험'이 따르게 되어 있다. 기술의 편익 뒤의 기술의 위험처럼…. 꼰대는 그 위험을 줄이고 안심과 평화를 젊은이들에게 가르쳐 주기 위해 불편함을 설파하는 사람이 아닐까? 이는 불편함이 결코 불편한 것이 아니라 오히려 편한 것일 수 있다는 역설적인 얘기가 아닐까? 편함은 '편익'이 아니라 '안심과 평화'이다. 꼰대들은 오늘도 사랑하는 젊은이들을 위해 안심과 평화의 꼰대 철학을 설파하고 있는 것이다. 그는 바로 안심과 평화를 위한 불편함의 미학인 것이다.

　진정한 안심과 평화는 편함 속에 있는 것 같지만 자연과 느림의 불편함 속에 있다는 역설을 하는 그들 꼰대들의 눈물겨운 열정에 귀기울여 보면 어떨까? 불편함은 결코 불편한 것이 아니라 편한 것이라는 역설을…. 꼰대의 미학과 불편함의 미학은 우리들의 삶의 지혜의 양식이 될 수 있다.

그대의 안심과 평화를 갈구하는 꼰대의 미학은 오늘도 계속되고 있다. 진정한 편함인 불편함의 미학을…. 젊은이들이여! 꼰대의 미학과 불편함의 미학에서 새것에 옛것의 향기를 더해 안심과 평화의 칵테일을 만들어 보자. 그대들의 삶의 가치와 성공의 진정한 행복을 위하여!

꼰대는 옛것만을 읽는 고리타분함의 상징 같지만 새것의 편함의 위험을 경계하는 당신의 멘토이다. 옛것의 불편함 속 안심과 평화를 역설하는 진정한 당신의 동반자인 것이다. 자연과 느림의 불편함 속 편함을 역설하는 인생 철학자인 것이다. '꼰대의 미학과 불편함의 미학'이라는 단편 소설을 다시 한 번 더 펼쳐 보자.

스마트폰을 잊어 보자. 한없이 불편할 것이다. 그러나 그 속에 편함도 있다. 진정한 편함은 불편함 속에 있다는 역설을 깨우쳐 보자. 그리고 그를 생각하면서 꼰대의 고리타분함의 불편함 속에 편함이 있다는 역설도 깨우쳐 보자. 스마트폰 없이 며칠 여행을 떠나 보면 어떨까? 가다가 웬 낯선 꼰대를 만나 그의 고리타분한 인생과 철학 얘기를 들어 보면 어떨까? 옛것을 그리워하고, 꼰대의 미학과 불편함의 미학을 생각하면서….

자연과 문화

    인간의 역사는 자연과 문화의 소산이다. 아니 자연과 문화의 관계 소산이다. 왜 우리는 자연 속을 산책하고파 하는가? 몸 산책과 함께 마음 산책을…. 문화의 의식(ego) 세계에서 벗어나 자연의 무의식 (id) 세계로 가고픈 의식과 무의식의 갈등과 대립의 관계가 아닐까? 인간의 정신세계는 의식과 무의식의 구조로 되어 있다는 프로이트 (Sigmund Freud)의 인간 정신 구조에서 자연과 문화의 관계를 개념화 하는 보다 고차원적인 그럴 듯한 해석이 아닐까?

    자연과 문화 관계 산책을 하면서 웬 뚱딴지같은 프로이트 심리학, 정신 분석학을 들고 나오는가? 프로이트에 의하면 인간의 정신세계 에는 의식인 ego의 현실 적응 응력과 무의식인 id의 본능이 상호 작용하고 있다고 한다. 그런데 ego의 현실 적응 능력이 떨어지면 id와 의 갈등과 대립 관계가 형성돼 노이로제라는 병적 현상이 발생한다고 한다. 따라서 의식과 무의식의 어느 한쪽을 무시하면 그 둘의 존립 의의가 사라지는 것이 아닐까? 이 의식과 무의식의 논리를 인간의 문화와 자연에 대한 정신 관계로 치환하여 비유적으로 살펴보면 어떨까? 즉, 여기의 의식은 문화, 무의식은 자연으로 치환하여 살펴 보면 어떨까 하는 것이다. 자연을 전제로 문화가 존립하는데 그 자연을 무시한 문화는 결국 파국적 위험과 급기야는 인간의 파멸을 초래할 수도 있다는 논리를 인간 정신세계인 의식과 무의식의 논리로 치환해 한번 생각해 보자는 것이다.

  인간은 자연을 정복하면서 문화를 창조해 왔다. 문화를 창조하기 위해 자연을 정복의 대상으로 삼아 왔다는 것이다. 자연 id를 현실 적응 능력이 뛰어난 문화 ego가 지배한 것을 문화 창조로 보면 어떨까? 문화 ego가 자연 id를 눌러 이긴 결과? 그러나 이는 사실은 자연을 정복한 것이 아니라 결과적으로 자연을 파괴한 것으로서 의식인 ego의 현실 적응 능력이 떨어져 무의식인 id를 제대로 통제하지 못해 인간 사회가 노이로제에 걸린 형상이 아닐까? 문화 창조를 위한 자연 파괴는 현실 적응 능력이 뛰어나다고 하기보다는 그 반대라고 해석되는 역설적 논리라는 것이다. 문화 창조는 자연의 섭리를 전제로 할 때 그 현실적 타당성과 합리성이 있게 된다는 논리적 귀결이다.

  인간이 창조하는 문화는 자연을 존중하면서 발전해야 한다. 문화 ego의 자연 id 관리의 현실 적응 능력을 키워 자연과 문화 균형 관계 유지로 기후변화 등 현실 위험에 대처할 수 있어야 함을 말한다. 자연을 파괴하는 문화는 영원할 수가 없다. 자연의 섭리를 따르지 않는 인간이 파멸하듯이 자연의 섭리를 따르지 않는 문화도 종국적으로 파멸을 맞을 수밖에 없다. 자연과 문화 산책을 하면서 병 든 인간 정신의 일 단면을 사색해 본다.

  자연과 문화의 거울에 비친 인간의 산책길에 안심과 평화를 노래하는 자연, 자연의 섭리가 신의 부름을 받고 그들 인간을 바라보고 있다. 노이로제에 걸린 병든 인간 사회가 병들게 한 자연은 인간 문화의 모습이다!

자연과 문화는 둘이 아니라 하나이다. 그를 둘로 가른 건 인간의 본능적 탐욕이다. 인간 ego가 통제하지 못한 인간 id의 작용이다. 인간 의식과 무의식의 정신세계의 갈등과 대립은 인간의 태생적 숙명이다. 인간의 원죄다! 그 원죄에서 벗어나기 위해 인간은 무엇을 하고 있는가? 아니 아예 그 원죄를 망각한 채 오늘도 그들의 탐욕스런 문화 팡파르를 울리고 있지 않은가?

자연과 문화는 하나인데 그 둘을 갈라 서로 공멸하도록 하는 전쟁을 게임 즐기듯 보고 즐기는 그들은 누구인가?

인간과 기술

현재와 미래 사회는 최첨단 기술 사회이다. 인간의 기술 탐욕은 끝이 없다. 왜 그럴까? 편해서? 돈을 벌 수 있으니까? 둘 다이리라. 기술의 수요와 공급이 점차 고도화되고 있는 것이다. 인류 문화는 어쩌면 기술 문화의 역사라고도 할 수 있을 것이다. 생존의 기술이 편익의 기술로, 나아가 부(富) 축적의 기술로, 이제 드디어는 타인 지배의 기술, 자기 지배의 기술인 인간 지배의 기술로까지 진화되고 있다. 기술의 인간 지배라니? 어떻게 인간이 개발한 기술이 인간을 지배한단 말인가?

인간은 갈수록 기술의 편익에 매몰되고 있다. 그리고 그 기술의 변화 속도는 갈수록 빨라지고 있다. 기술의 인간 대체 속도 또한 갈수록 빨라지고 있다. 이른바 기술 속도전의 회오리 속에 빨려 들어가 인간은 보이지 않고 기술을 갈구하는 함성 소리만 들린다. 그 함성 소리는 기계 인간화되어 가는 인간이 더 기계 인간화를 갈구하는 함성 소리인 것이다. 드디어 언젠가는 진짜 기계 인간이 등장할지도 모른다. 지금 서로 경쟁하듯이 인간을 닮은 인공지능(AI) 인간을 만들려고 혈안이 되어 있지 않은가? 인간과 겉모습까지도 닮은…. 진짜 기계 인간이 등장하면 인간은 어떻게 될까? 가짜 인간이 될까? 아니면 '좀비 기계 인간'이 되어 진짜 기계 인간 속을 헤매고 다닐까?

위의 시나리오는 기술의 인간 지배, 인간의 기술 노예의 시나리오라고 할 수 있다. 이는 인간성이 상실된 '좀비 기계 인간'의 시나리오가 아닐까? 그런데 문제는 그 상실된 인간성을 진짜 기계 인간이 가질 수 있느냐 하는 것이다. 그것까지를 꿈꾸는 망상을 하고 있는 멍텅구리가 있을 수도 있을 것이다. 이는 인간과 사탄의 아마겟돈(Armageddon)이 될 것이다. 그 사탄은 인간성을 훔치려는 진짜 기계 인간이 될 것이다. 그리고 그 사탄을 조종하는 것도 인간이 될 것이다. 결국 인간과 인간 간의 아마겟돈이 될 것이다. 기술의 인간 지배로 인한 인간성 상실은 인간과 인간 간의 인류 멸망을 도박하는 아마겟돈이 되지 않을까? 스스로를 기계 인간화하는 인간의 업보?

최후의 보루인 인간성을 건 인류 최후의 대전쟁(터)인 아마겟돈은 망상이라고 비하할 수만은 없지 않을까? 기술에 매몰되는 것 그 자체가 바로 인간성 상실의 될 수 있는 것이 아닐까? 본래의 인간의 사고와 행태는 흔적도 없이 사라진 '지구 외계인'이 불가능한 일만은 아니지 않을까? 외계인 같은 신인류가 지구상에 산다는 시나리오는 무엇을 의미할까?

'기술의 인간 지배와 인간의 기술 노예' 시나리오는 인간이 직면할 가장 위험한 무서운 시나리오가 아닐까? 인간성이 상실된 '좀비 기계 인간'이 등장하는…. 인류의 산책길 거울에 좀비 기계 인간의 허상이 그들을 꾸짖고 있다. 나 같은 허상을 쫓지 말고 문명 속 거울에 비친 나신(裸身)의 원시 인간의 실상을 쫓으라고…. 인간성 보존의 원시 나신(裸身)인 채로 안심과 평화 속 자유 자연 인간인 '원시 인간'이 더 행복할까? 인간성 상실의 문명 장신(裝身)인 채로 위험과 전쟁 속 노에 인공 인간인 '좀비 기계 인간'이 더 행복할까?

'초첨단 기계 인간'에 '초원시 자연 인간'을 중화시키면 어떤 신인류가 탄생할까? 기술의 인간 지배를 중화시키는 현생 인류가 재탄생하지 않을까? 인간성 자유를 회복한 신인류, 그가 진정한 신인류가 아닐까?

만능 요술 기계 인간 챗GPT에게 물어 볼까? 메타(Meta)의 마크 저크버거(Mark Zuckerberg)나 트위트(Twitter)의 일론 머스크(Elon Musk) 같은 기술 전쟁 저격수들에게 물어 볼까? 기술에 매몰된 인간 탐욕은 언제 끝나느냐고 하는 '?'의 헛소리가 소리 없는 메아리로 울려 퍼지고 있다. 악마의 탈을 쓴 좀비 기술들이 웬 챗GPT 인간에게 나는 언제쯤 '인간 기계 인간'이 될 수 있냐고 묻고 있다. 그가 뭐라고 답할까? "나도 몰라! 그건 인간에게 달렸어!" 인간이 자청한 기계 인간 변신으로 인간이 사라진 좀비 기계 인간 세상! 그 좀비 기계 인간이 만든 챗GPT는 언제 좀비 기술의 나락으로 떨어질까? 그 나락을 타고 기술 전쟁 저격수들이 유령이 되어 폐허가 된 전쟁터를 인공지능 복제 인간을 찾아 날아다닌다?

IT, 인터넷 세상은 인간을 기계로 만들어 살아 있는 감성과 따뜻한 정의 인간미 있는 공감이 사라지게 한다. 인공지능 노에 인간 시장을 부르며 안심과 평화의 자유가 사라져 가고 있다!

인간은 로봇이 아니다. 고도로 프로그래밍화되고 기능화된 생명체가 아니다. 감정을 느낄 수 있는 여유와 생명의 자유를 가지는 원시 생명체인 것이다!

'기술은 인간성을 황폐화시킬 수 있지만 자연은 정화시킨다'는 논리적 전제에서 인간과 기술, 나아가 인간과 자연의 관계 방정식을 풀 수 있어야 하지 않을까?

자연 전쟁과 인간 전쟁

　자연도 인간처럼 전쟁을 하는가? 자연 전쟁이라니 도대체 무슨 말인가? 자연 전쟁은 자연의 섭리의 전쟁을 말한다. 자연의 변화가 나타나는 한 질서의 모습인 것이다. 자연의 변화의 순리라고나 할까…. 그래서 자연 전쟁은 우주의 '태생적 전쟁'인 것이다. 그 전쟁이 인간에게 경고성 피해를 주기도 하지만 더 큰 재앙을 막기 위해 자연 스스로를 정화하는 것이다. 인간들은 이를 '자연 재난'이라고 부르고 있다. 그런데 이는 알고 보면 '인간 재난'인 측면이 더 크다. 인간이 자연과의 전쟁을 벌인 탓이다. 기후변화가 그 전쟁으로 인한 대표적 재난이 아닐까? 이제 순수한 자연 전쟁은 사라지고 있다. 자연 전쟁이 바야흐로 인간 전쟁으로 변하고 있는 것이다.

　인간은 원시 시대에도 자연과의 전쟁을 일부 벌였지만 점차 '문명'이라는 것에 눈을 뜨면서 자연 정복 전쟁을 본격화하기 시작했다. 그리고 그 크고 작은 물질문명 간 정신문명 간의 충돌이라고 할 수 있는 인간 간의 전쟁인 인간 전쟁을 수시로 벌였다. 정치·경제 등의 전쟁을 포함해…. 이는 순수한 자연 전쟁이 인간 전쟁화 자연 전쟁으로 변질됨을 말한다.

　인간의 자연 정복 전쟁은 그 수많은 경고음에도 불구하고 계속될 것이다. 결국 문명 간 전쟁인 인간 간 전쟁의 승리를 위해서…. 가상의 아마겟돈(Armageddon)은 현실이런가?

태풍, 허리케인 등이 할퀴고 간 현장은 참혹하다. 자연의 자해 행위의 참상은 잔혹하다. 죽음과 비명, 상실의 생지옥이다. 자연이 인간의 오만함을 벌하고 있는 것일까? 인간 전쟁의 참상과 너무나 닮았다. TV 화면에 비친 미국 허리케인 '이언(Ian)'이 휩쓸고 지나간 흔적과 푸틴이 자행한 우크라이나 전쟁 등 전쟁의 흔적은 너무나 닮았음을 보고 순간 소스라치게 놀랐다. 그 자연 전쟁은 원래의 순수한 자연 전쟁이 아니라 인간의 자연 파괴로 이룩한 문명 간의 충돌에 의한 사실상 인간 전쟁이어서 당연한데 놀라다니?

누군가가 "'자연 전쟁'과 '인간 전쟁' 간의 차이를 알 수 없다."고 투덜거리고 있었다. 인간 전쟁은 진짜 전쟁이지만 자연 전쟁은 진정한 자연 전쟁이 아니라 그것 역시 인간 전쟁임을 아는 순간 이제 그 차이를 알았다고 또 투덜거리고 있었다. 순간 자연의 섭리에 대한 죄책감과 함께 경외의 전율이 온몸을 휘감고 지나갔다. 자연의 섭리는 만고불변의 진리라고 외치고 있었다! 그리고 인간의 탐욕에 대한 경멸감이 불 같이 솟구쳐 올랐다.

자연 전쟁은 자연의 섭리에 의한 안심과 평화의 전쟁이지만 인간 전쟁은 위험과 전쟁의 전쟁임을 알고 그는 회한의 미소를 짓고 있었다. 그 앞에 "인간 전쟁은 영원할 수 없지만 자연 전쟁은 영원할 수 있다."라고 말하는 안심과 평화의 거울인 '피스 미러(Peace Mirror)'가 걸려 있었다!

신은 존재하는가?

우주 만물의 운행 섭리인 질서와 무질서는 누가 창조했는가?

우주 만물의 운행 섭리는 인과율에 지배되는 기본 불변 법칙이 아닐까?

우주 만물의 운행 섭리 그 자체를 신이라고 볼 수 있지 않을까?

그 운행 섭리의 생명력을 신의 우주 만물 생명과 힘이라고 볼 수 있지 않을까?

그 운행 섭리의 실체는 신의 우주 만물 생명과 힘의 에너지라고 볼 수 있지 않을까?

따라서 신의 생명과 힘은 비록 비물질이지만 그 실체는 에너지가 아닐까?

요컨대 신이란 우주 전체를 가득 채울 수 있는 무한한 생명과 힘의 영혼이라고 할 수 있다.

그래서 신의 논리는 무한 연속성이다.

아직도 신의 비밀은 완전히 풀리지 않았다.

아니 영원히 풀리지 않을지도 모른다.

유일한 해법은 신이 존재한다고 가정하는 것이다?

과연 신은 존재하는가?

나는 존재한다고 믿는다?

'그 신은 우주 만물의 영혼에 깃들어 있다'라는 논리의 실체는?

'나의 영혼에도 그 신이 깃들어 있다'라는 논리의 실체는?

'신의 섭리, 자연의 섭리에 따르라고 명하는 그 무엇이 바로 내 영혼 속의 신이다'라는 논리의 실체는?

'그 신이 나의 자화상이다'라는 논리의 실체는?

"신이 안심과 평화의 거울인 '피스 미러(Peace Mirror)'에 웬 자화상을 비추고 있다. 신이 준 생명의 영혼을 망각한 인간의 자화상을…. 신의 안심과 평화의 거울에 인간의 생명의 영혼은 온데간데없고 웬 원죄만 뻔뜩이고 있다." 신의 존재를 믿는 자의 독백일까?

자동차 왕 헨리 포드의 "처음부터 우주의 무한한 부(富)를 알고 있었습니다. 그러므로 나는 맨주먹으로 시작한 것이 아닙니다."라는 말은 신의 우주 만물 생명과 힘을 믿고 자신의 마음의 문을 활짝 열어 그 에너지를 받아들이면 반드시 성공할 수 있다는 신의 우주 만물 생명과 힘의 에너지에 대한 진심에서 비롯된 것이 아닐까?

연작시 '자화상'

자화상 1

내가 나를 보고
내가 그를 본다
그가 그를 보고
그가 나를 본다
내가 나고 그가 그인 것 같아
다시금 나를 보고 그를 본다

낮에 나를 보고
밤에 나를 본다
낮에 그를 보고
밤에 그를 본다
낮이 밤이고 밤이 낮인 것 같아
다시금 나를 보고 그를 본다

자화상 2

거짓을 꺼내어 진실을 그리고
진실을 꺼내어 거짓을 그린다
거짓이 진실을 나무라고
진실이 거짓을 나무란다

공유 안심 세상 피스 미러에 비친 잃어버린 자화상

나는 누구인가

진실이 두려워 거짓을 읊고
거짓이 두려워 진실을 읊는다
거짓이 진실을 비웃고
진실이 거짓을 비웃는다
나는 누구인가

자화상 3

그를 찾아 떠나던 날
그가 또 있음을 알고
그를 찾아 또 떠난다
그가 그를 찾아…

그 속에 또 다른 그
그는 그가 아니고 그였네
그를 찾는 건 그가 아니고 그였네

그는 누구인가
그 속에 또 다른 그
그가 그였네

그가 그를 찾아
그의 시간을 헤집는다

문원경 구름 지평 65X48Cm Acrylic 2015

공유 안심 세상 피스 미러에 비친 잃어버린 자화상

구름 지평

지상의 어두움 뚫고
구름 지평 너머
검푸른 새벽녘 은빛이 울리고
구름 해안가 자갈이
머리 땋아 조아리네

구름 지평 모나리자 비밀이
찬란한 동녘에 떠오를 때
구름 해안가 자갈이
그 넓 미소 사뿐히 저려 밟고
웬 구름 거울 비추네

그림 시 문원경

가짜가 가짜를 부른다.

거짓말이 거짓말을 부른다.

문제가 문제를 부른다.

위험이 위험을 부른다.

그들의 유위(有爲)로

유한한 생명의 에너지를 파괴하지만

안심과 평화의 무위(無爲)로

무한한 생명의 에너지를 부른다.

공유 안심 세상 피스 미러에 비친 잃어버린 자화상

3

삶의 노화 해독

삶의 노화

삶의 노화란 무엇을 말하는 것일까? 한마디로 삶이 늙어 간다는 것이리라. 하지만 막상 '삶의 노화'를 개념적으로 규정하려고 하면 쉽지는 않을 것이다. 일반적인 관점에서 삶의 노화는 광의로는 신체(몸과 마음)의 노화인 생명의 노화를 포함하는 삶 전체의 노화를 의미한다고 볼 수가 있을 것이다. 그리고 그 생명의 노화에는 생명의 본질상 자연 노화도 있고 그 자연 노화에 더해 인공 노화도 있고, 나아가 태생적 유전적 노화도 있을 수 있을 것이다. 그러한 생명의 노화에 대해서는 현대 의학적인 측면에서 접근하거나 자연 의학적인 측면에서 접근하는 방법 등 여러 연구와 논의가 이루어지고 있다. 저자도 최근에 노화의 본질적인 개념과 논리를 위험사회의 개념과 논리 차원에서 접근하여 새로운 제3의 노화 방지의 길을 모색하고 있다. 현대 의학적 의료 요법과 자연 의료 요법에 앞서 보다 더 근원적인 노화 문제의 규명과 그 해법에 대해 연구하고 있다고 할 수 있다. 머지않아 이 연구 결과를 책으로 펴 낼 계획도 가지고 있다.

여기서는 신체의 노화인 생명의 노화에 대한 원론적인 논의와는 다른 관점에서 그와는 무관하게, 물론 완전히 무관한 건 아니지만 삶의 사고와 행태 그 자체가 노화된다고 할 수 있는 삶의 노화의 경우에 대해 살펴보기로 한다. 즉, 사람의 노화에는 신체의 노화인 생명의 노화도 있지만 삶 그 자체가 노화되는 '삶의 사고와 행태 노화'

공유 안심 세상 피스 미러에 비친 잃어버린 자화상

라는 삶의 노화도 있다. 우리는 통상 노인이 되면 삶이 노화되는 것으로 착각하고 있다. 천만의 말씀이다. 젊은이의 삶도 노화될 수 있다. 삶이 활력을 잃고 방황하게 되면 삶의 사고와 행태가 노화되고 그 삶은 노화되었다고 할 수 있는 것이다. 육체는 젊지만 정신이 노화될 수도 있다는 것이다.

좀 더 그 같은 '삶의 노화'의 구체적인 모습을 보자.

무비전의 삶(꿈과 희망이 없는 삶), 열정과 도전이 없는 삶, 창조는 물론 모방조차도 없는 삶, 자기만의 세상에 안주하는 폐쇄의 삶, 고독의 삶, 향락 등에 집착하는 등 균형이 붕괴되는 삶, 정신이 황폐화되고 추해지는 인격 노화의 삶 등 이루 다 헤아릴 수 없을 정도의 삶의 노화의 모습들이 있을 수 있을 것이다.
창조는 물론 모방조차도 없는 삶, 자기만의 세상에 안주하는 폐쇄의 삶, 고독의 삶, 향락 등에 집착하는 등 균형이 붕괴되는 삶, 정신이 황폐화되고 추해지는 인격 노화의 삶 등 이루 다 헤아릴 수 없을 정도의 삶의 노화의 모습들이 있을 수 있을 것이다.

요즘 젊은이들에게 미켈란젤로의 청년 '다비드(David)'는 어디에 있는가? 골리앗을 이긴 다윗, 즉 다비드는 강자에 맞서 정의를 구현한 약자를 대변해 왔다. 자만에 취한 기성(旣成)에 도전한 패기의 젊음이었다. 한계를 초월한 인간 의지의 현현(顯現)이었다. 사회적 고립으로 지친 청년들, 그들의 몸에 밴 열패(劣敗)감은 손에 돌멩이를 쥐고 돌팔매질로 거인 골리앗을 거꾸러뜨린 다윗(다비드)의 용맹함과 강인함에서 일찌감치 멀리 벗어남은 물론 사치를 과시하는 '플렉스(flex)' 문화의 MZ 세대의 정서와도 너무 동떨어져 아이러니하기도 하다. 미켈란젤로의 다비드상은 어디로 갔을까? 젊은이의 한심스러운 '삶의 노화'를 나무라면서 바라보고 있지 않을까? 성서의 교훈적 신화가 멀어져 가고 있다! 젊은이에게도 삶의 노화는 여지없이 찾아온다.

그 같은 젊은이의 삶의 노화는 결국 삶의 안심과 평화가 깨어지는 현실에서 비롯된다. 이는 젊은이뿐만 아니라 모든 인간의 삶에서 비롯되는 삶의 노화의 근본이다. 예컨대 집안에 우환이 생기거나 경제적 어려움에 처하는 것 등이 삶의 안심과 평화를 깨트림으로써 삶의 노화를 부르는 근원이 된다. 이때는 당연히 삶이 활기를 잃게 되는 것이다. 비록 일시적일 수도 있지만 삶의 노화는 안심과 평화의 삶이 깨어지면 여지없이 찾아오는 것이다.

현대인에게 삶의 노화는 무서운 질병이다. 그런데 이를 질병이라고 인식하는 사람은 별로 많지 않다. 그저 인생이 그런가 보다 하고 살아가는 것이다, 그러다가 어느 순간 자아 상실로 방황하게 되고 우울증 등 정신 질환이 찾아오기도 하는 것이다. 또 그러다가 심지어는 '자살'이라는 삶의 노화의 극단적 모습으로 나타나기도 하는 것이다.

이렇게 삶도 노화된다. 하지만 노인은 신체는 노화되지만 반드시 그 삶 자체가 따라서 노화되는 것은 아니다. 신체는 노화되었지만 그 삶은 젊을 수 있다는 것이다. 오히려 젊은이가 신체는 젊은데 그 삶이 노화되는 경우도 많다. 삶의 노화는 남녀노소를 가리지 않는

공유 안심 세상 피스 미러에 비친 잃어버린 자화상

다. 인간의 숙명도 아니다. 그건 바로 당신의 삶이다!

삶의 노화는 당신의 인생 산책길에 놓인 '위험'이다. 안심과 평화를 깨트리는 위험이다. 그런데도 그를 위험이라고 느끼는 사람은 별로 많지 않다. 그래서 삶의 노화는 어쩌면 암보다도 더 무서운 질병일 수 있다. 특히, 구조적으로 삶이 조로화 현상을 보인다면⋯

그렇게 삶의 노화는 무서운 질병일 수 있지만 생명의 노화와는 달리 다시 얼마든지 삶의 젊음의 회복으로 치유할 수도 있는 병이다. 그러므로 절대 실망하지 말자. 그러나 결코 방심해서는 안 된다. 오늘의 나의 삶의 기상도를 그려 보자, 삶의 노화의 기압골 배치도를 그려 보자. 그리고 그 기상 예보를 스스로 해 보자. 거기에서 당신의 안심과 평화를 해치는 삶의 위험을 미리 인식하고 삶의 노화를 관리해 보자.

당신의 인생 산책길에 놓인 거울에 삶의 노화를 비춰 보자. 일그러진 자화상이 나타날 것이다. 그 속에 삶의 노화가 여러 모습으로 숨어 들어 있다. 삶의 노화는 당신의 안심과 평화를 깨뜨리는 위험임을 알리는 메시지도 그 거울에 뜰 것이다. 이처럼 삶의 노화는 소리 없는 파멸의 위험일 수 있지만 다행히도 그 위험은 영원할 수는 없다. 얼마든지 그에서 탈피할 수 있다. 당신의 '자아 회복'으로⋯

한편, 삶의 사고와 행태 그 자체가 노화되는 삶의 노화와 별도로 신체 생명 그 자체의 노화에도 관심을 기울이자. 두 노화 간에는 상호 상승 작용을 일으키는 기제(機制)가 작동될 수 있다. 생명체가 노화된다는 것은 시·공간의 자연의 섭리의 자연 현상이다. 다만 그 자연의 섭리를 위배한 노화가 문제일 뿐이다. 자연의 섭리에 따르는 자연 노화를 즐기고 그를 위배하는 인공 노화를 다스리고 멀리하자! 그러기 위해서는 탐욕에의 지나친 집착과 향락과 퇴폐적인 삶 등을 경계하자!

탐욕과 관련하여 한 가지 흥미로운 주제로서 섹스가 삶의 노화는 물론 생명의 노화 방지에도 좋다고들 하는데 과연 그런가? 하지만 무질서하고 방탕한 섹스는 오히려 노화를 촉진시킬 수 있지 않을까? 엔도르핀(endorphin)이 나와서 좋다고? 그런 육체적인 향락적, 퇴폐적 행위로 인한 일시적, 충동적 엔도르핀보다 정신적인 은은한 동기에 의한 지속적, 평상적 엔도르핀이 좋지 않을까? 예컨대 정신적 사랑이 선행된 사랑의 엔도르핀처럼…. 엔도르핀 언급을 하다 보니 세로토닌(serotonin), 멜라토닌(melatonin) 등의 물질도 삶의 노화 방지를 위해 한번 챙겨 봄이 어떨까 하는 생각도 든다.

어쨌든 즐겁게 사는 삶이 노화를 방지하고 젊게 사는 길이 될 수 있지만 그게 뭘까? 하고 싶은 대로 즐길 수 있는 물질적 향락? 자신을 절제하면서 후술하는 '영혼이 맑고 자유로운 사람'으로 사는 것? 진정한 삶의 즐거움은 영혼이 맑고 자유로운 사람의 '겸손'과 '사랑'의 삶이 아닐까? 그런 사람이 되면 겸손과 사랑으로 자신의 삶을 성찰하고 삶의 지혜로 무장해 삶의 노화의 늪에 빠진 자아를 구원할 수 있지 않을까? 그러면 그의 인생길 산책에는 안심과 평화의 거울인 '피스 미러(Peace Mirror)'에 삶의 젊음의 생명력이 빤짝거리며 삶의 노화의 허상을 비출 것이다.

공유 안심 세상 피스 미러에 비친 잃어버린 자화상

복잡함의 단순화

삶의 노화는 복잡함에 찌든 데에서 비롯되는 것이 아닐까? 이 세 상은 복잡하게 얽히고설킨 혼돈, 즉 카오스(chaos)의 세계라고 할 수 있다. 그 카오스에서 빠져 나오지 못하면 좌절하고 방황하게 된다. 이는 삶의 노화를 부르는 주범이다. 그 카오스에서 빠져 나오는 데 삶의 노화를 막는 길이 있다.

바로 '복잡함의 단순화'를 기하는 것이다. 물리학의 카오스 이론에 의하면 카오스는 무질서뿐만 아니라 질서도 있다는 것이다. 즉, 카오 스 속에도 일정한 패턴 내지 질서가 나타난다는 것이다. 그게 다름 아닌 복잡함의 단순화가 아닐까? 복잡함을 단순화하여 들여다보면 거기에는 단순한 그 어떤 질서가 나타난다는 것이다. 이는 카오스 이 론에서 바라보는 물리 과학적 원리이다. 그러니 확실히 믿어도 된다.

복잡을 복잡으로만 쳐다보면 복잡의 수렁에 빠져 헤어 나오지 못 한다. 그러면 당신의 삶은 어느새 노화되어 지치게 된다. 복잡함의 메커니즘에는 그를 관통하는 단순한 큰 줄기가 있다. 이는 복잡함의 원인일 수도 있고, 복잡하게 된 과정일 수도 있다. 또 때로는 당신이 만든 허상일 수도 있다. 그 실상은 단순한데 당신이 그렇게 착각하 고 그 착각 속에서 복잡하게 헤맨다는 뜻이다.

복잡함 속의 단순한 질서를 찾아라! 이는 카오스 이론을 아는 사람뿐만 아니라 어느 누구도 다 찾을 수 있다. 여기에 복잡함의 단순화 논리의 핵심이 있다. 복잡함의 단순화 논리를 알면 당신은 어떠한 어려운 복잡한 상황도 헤쳐 나갈 수 있다.

복잡함의 단순화 속에 삶의 노화를 막는 인생 산책 거울이 들어 있다. 그는 복잡함의 소란과 위험의 무질서에서 벗어나 안심과 평화의 질서를 가는 지혜 산책길에 놓여 있다. 복잡함의 단순화 지혜 속에 안심과 평화의 질서가 숨겨져 있다. 그 삶의 지혜를 가진 자만이 안심과 평화의 질서 속에서 삶의 노화를 막을 수 있다.

알고 보면 인생은 단순하다! 물론 세상을 어느 정도 통달해야 하지만 세상의 기본 원리와 법칙, 즉 세상의 이치를 깨닫게 되면… 어쨌든 인생이 단순하다는 사실에는 변함이 없다. 세상의 모든 사물의 운행 질서에는 일정한 불변의 기본 원리와 법칙이 작용하고 있다는 것이다. 그게 신의 섭리, 자연의 섭리라고 할 수 있지 않을까? 그렇다면 이 신의 섭리, 자연의 섭리를 깨닫는 데서 인생의 단순함의 삶의 지혜를 터득할 수 있고, 그 삶의 지혜를 터득한 자는 삶의 복잡함의 단순화로 삶의 노화를 막을 수 있을 것이다.

복잡함도 알고 보면 그 어떤 조화다. 그 조화는 다름 아닌 질서다. 또 그 질서는 바로 단순함이다. 이게 복잡함의 단순화 논리이다!

양면성의 법칙(50:50의 법칙)

모든 사물에는 양면성, 즉 양면 동시성이 있다. 앞뒷면, 안팎이 동시에 있다는 것이다. 그런데 우리는 그걸 알면서도 순간적으로는 일면성만을 보는 경향이 있다. 그리고 거기에 집착해 그 다른 면이 동시에 있음을 망각하고 한 면의 길만 가는 것이다. 그러다가 그 다른 면의 위험에 부딪히는 사태에 이를 수도 있다.

사물의 양면성을 알면 조화와 균형 있는 사고와 행동을 할 수 있다. 그러면 양 극단의 위험을 전화위복의 지혜로 할 수도 있다.

이 양면성의 법칙은 이른바 '50:50의 법칙'이라고도 할 수 있다. 세상에는 좋은 것 이면에 나쁜 것, 나쁜 것 이면에 좋은 것이 50:50으로 되어 있다는 논리이다. 즉, 반반의 세상이라는 것이다. 그렇지 않다고요? 물론 순간적으로 보면 그렇지 않을 수도 있다. 그러나 시간이 지나고 나서 되돌아보면 결국 50:50으로 될 수 있음을 알고 묘하다는 생각을 할 수 있을 것이다. 50:50의 법칙은 평균적으로 볼 때 이 세상 사물에는 양쪽 면이 결과적으로 50:50에 이를 수 있다는 가능성의 법칙을 말하는 것이다. 세상은 '제로섬(zero-sum) 게임'의 혼돈 법칙이다! +, −=0, +=−=0의 제로 대칭성! 플러스섬(plus-sum)이나 마이너스섬(minus-sum)에 일희일비하지 마라. 50:50의 제로섬이다. 나아가 무(無)에서 나와 유(有)가 되었다 종국적으로는 무(無)로 가는 무=유=무의 '무의 게임'의 우주 법칙이다!

"너무 기뻐하지 마라. 곧 이어 슬픈 일이 있을 수 있다." "기술의 편익 뒤에는 위험이 있을 수 있다." AI? 호사다마(好事多魔)? 이러한 말들 속에서 양면성의 법칙, 50:50의 법칙을 추론해 볼 수 있지 않을까? 작용 반작용의 역학, 균형의 미학을 읊으며….

동양 철학에서 얘기하는 음양(陰陽), 중용(中庸) 등의 논리도 이에서 바라볼 수 있지 않을까? + 이면의 −의 경제학적 기회비용의 논리도….

이를 알고 인생 산책길을 걸어가 보자. 한결 발걸음이 가벼워질 것이다. 그리고 사물을 바라보는 눈이 넓어질 것이다. 그러면 당신은 삶의 노화에서 벗어날 수 있는 길을 가고 있는 것이다.

양면성의 법칙, 50:50의 법칙은 당신을 안심과 평화의 길로 안내하는 마법의 지혜 벡터(vector)가 될 수 있다. 오늘을 너무 슬퍼하지 마라! 내일을 너무 기뻐하지도 마라! 있는 그대로 받아들여라. 그게 그거다. 그게 안심과 평화의 사색 길에 놓인 삶의 실체가 된다. 관념적 실체가 아닌 현실적 실체….

양면성의 법칙, 50:50의 법칙은 자연의 섭리에서 나오는 자연의 상식이라고 할 수 있지 않을까? 이는 일반 상식 속에 안심과 평화로 위험과 삶의 노화에서 벗어날 수 있는 지혜가 담겨 있음을 시사하는 것이 아닐까?

균형의 미학

'균형', '균형성' 하면 생각나는 게 '조화'다. 동양 철학의 음양(陰陽)과 중용(中庸) 등도 조화와 균형을 바탕으로 하는 논리이다. 추상화에서는 조화가 깨어진 데서 아름다움을 추구하기도 하지만 이때의 조화는 사실은 깨어진 것이 아니라 조화를 달리 표현했을 뿐이다. 조화는 균형의 아름다움의 표현인 것이다. 균형의 미학은 바로 이 조화의 미학인 것이다.

조화가 깨어진 삶은 피곤하다. 위험하다. 그래서 삶의 조화는 안심과 평화의 기초가 된다. 당연히 삶의 균형도 그렇다. 결국 균형의 미학은 안심과 평화의 미학이다. 안심과 평화는 삶의 긍정적 원천이다. 안심과 평화가 없는 곳에서는 투쟁과 파괴의 위험만 난무한다. 거기에는 삶의 긍정적 원천은 메마르고 삶의 부정적 원천만 넘쳐흐른다. 균형은 삶의 긍정의 원천을 부르는 안심과 평화의 원천이다. 자연의 섭리가 아닐까?

이 세상 모든 인간관계, 사물 관계에는 균형이 가장 중요하다. 그러나 그 균형은 수시로 붕괴된다. 그 균형 붕괴는 크게 자연 균형 붕괴와 인공 균형 붕괴로 나눌 수 있다. 전자는 새로운 균형을 위한 자연의 섭리로서 회복 가능한 탄력적 균형 붕괴이다. 반면 후자는 회복 불능의 비탄력적 균형 붕괴로서 인류 문명의 변화의 발전 같은 창조적 파괴뿐만 아니라 기후변화 같은 파괴적 창조도 있다. 어쨌든 균형은 그 붕괴를 통해 '창조'의 모티브가 된다. 특히, 인공 균형 붕괴는 파괴를 수반하는 그 어떤 창조를 추구하고자 하는 인간의 욕망에서 비롯되지만 그 욕망이 왜곡돼 그 창조가 끝없는 파괴를 부르고 있다는 데에 문제가 있다. 파괴가 또 다른 파괴를 부르는 것을 창조라고 착각하고 있다는 것이다. 인간 파괴, 자연 파괴가 '창조'라는 미명하에 위험 반작용으로 빛나고 있다. 균형 붕괴는 인간 위험 추상화의 추함의 나락이 아닐까? 작용 반작용 균형성 무지의 미학?

모든 위험은 균형 붕괴에서 시작될 수 있다. 앞에서 균형 붕괴의 예로 든 창조적 파괴의 하나인 기술 위험과 파괴적 창조의 하나인 기후변화 위험 중 어느 것이 더 위험할까? 당연히 파괴적 창조의 균형 붕괴의 경우가 더 위험함은 말할 것도 없다. 자연 균형 붕괴의 산물로서 기후변화라는 파괴적 창조물의 위험성을 볼 때도… 이렇게 위험을 부르는 제반 위험사회 현상은 균형 붕괴의 산물이라고 할 수 있다. 그 균형 붕괴의 위험사회가 삶의 노화 사회의 굴레가 됨을 아는지? 모르는지? 위험은 삶의 노화의 근원이다! 위험에 찌들면 삶은 활력을 잃고 황폐화된다. 이는 심각한 삶의 노화를 불러 온다.

균형의 미학에서 삶의 노화에서 탈출하는 길을 찾자. 균형의 미학은 곧 안심과 평화의 미학이다. 안심과 평화의 산책길에 삶의 노화가 깃들 시·공간은 없다. +, −=0, +=−=0의 제로 대칭성! 그 참 균형의 미학을 펼쳐 들고 읽으며 그 길에서 삶의 젊음을 구가하자!

거시와 미시의 조화

숲은 나무로 이루어진다. 나무는 숲을 이룬다. 그 둘은 같은 것 같으면서도 다른 것이다. 전체와 부분의 관계라고 할 수 있다. 거시와 미시도 이와 같은 관계라고 볼 수 있지 않을까? 전체적으로 큰 시각에서 사물을 바라볼 수도 있고, 부분적으로 작은 시각에서 사물을 바라볼 수도 있는 것이다. 어느 게 좋고 나쁘다고 할 수가 없다. 두 시각을 고루 가질 필요가 있다. 즉, 숲도 보고 나무도 볼 수 있어야 한다는 것이다.

그런데 우리는 숲을 보고 그 속에 있는 나무를 다 안다고 말하기도 하고, 나무를 보고 숲을 다 안다고 말하기도 한다. 멀리서 숲만 보고 그 속의 나무를 다 안다고 하는 것은 겉만 보고 그 속을 알 수 있다는 마술사의 언사다. 일부 나무만 보고 그 숲을 다 안다고 하는 것도 마찬가지다.

이는 사실은 사물의 실체를 모르는 것이다. 한마디로 '착각'이라고 할 수 있다. 마술사가 착각을 유도하듯이 스스로에게 거는 착각…. 그러한 거시와 미시의 착각 속에 다 아는 체 하면서 우리는 살고 있다. 사물의 실체는 그 착각 속에 숨겨져 오류로 우리를 인도한다. 거시와 미시의 일면만을 주장하다 낭패를 보기 일쑤다.

거시적으로 아는 것도 아는 것이고, 미시적으로 아는 것도 아는 것은 맞다. 그러나 그 어느 하나만으로는 부족하다. 불완전하게 아는 것은 모르는 것보다 더 위험할 수 있다. 모르면 더 조심할 수 있다는 것이다. 하지만 우리는 거시 없이 미시만으로, 또 미시 없이 거시만으로 완전체를 착각하는 오류에 빠지곤 한다. 거시와 미시는 완전체의 양 측면인 것이다.

길게 보고 그 가는 길을 짧게 나누어 세심히 더듬으면서 갈 때 그 착각과 오류에서 벗어날 수 있는 것이다. 거시와 미시의 조화가 진정한 완전체를 지향할 수 있는 것이다. 거시와 미시가 우리의 인생길에 주는 의미를 그렇게 해석해 보면 어떨까?

거시와 미시를 조화시켜라! 그러면 거시와 미시의 상호 보완과 상승으로 완전체의 삶을 지향하여 당신의 삶의 활력 에너지는 커질 것이다. 즉, 당신은 360° 전방위 완전체의 시야를 확보할 수 있게 됨으로써 삶의 활력 에너지 접촉면이 넓어져 풍부한 경험과 지식 에너지를 비축할 수 있게 될 것이다. 이는 삶의 빈틈을 최소화하여 그 허점을 최소화함으로써 삶의 위험을 최소화할 수 있을 것이다. 그리고 그 삶의 위험의 최소화가 삶의 노화를 막아 줄 것이다.

거시와 미시의 조화 속에 안심과 평화의 숲과 나무를 동시에 바라볼 수 있다면 그야말로 온전하게 안심과 평화를 누릴 수 있을 것이다. 거기에 삶의 노화의 숲과 나무의 거시와 미시의 조화는 없다!

긍정과 사랑의 심리학

긍정과 사랑의 묘약은 너무나 흔한 약이다. 그런데 이를 구하기는 쉽지 않다. 인생길에 널리 널려 있지만 그냥 구경만 하고 지나간다. 너무나 흔한 약이라서 귀한 줄 모르는 것일까? 아니면 언제든지 구할 수 있는 약이라고 지나치는 것일까? 그러다가 평생 그 약을 구하지도 써 보지도 못하고 지나간다. 오히려 그 약을 쓰기는커녕 부정과 미움의 약만 잔뜩 사서 쓰고 있다. 긍정과 사랑의 약은 공짜인데도 부정과 미움의 약은 기어코 사서 쓰는 것이다. 그러다가 단순한 부정과 미움이 복잡한 왜곡과 증오로 변해 사람을 해하기도 하는 것이다. 심지어 살인까지…

긍정과 사랑은 자연의 섭리다. 그래서 열린 자연 속에 널려 있다. 그러나 부정과 미움은 각종 재난과 테러와 전쟁, 범죄 등의 위험 정글 속에 숨어 있다. 그 정글은 고난과 죽음의 정글이다. 그런데도 사람들은 그 고난과 죽음의 정글에서 방황하면서 미로를 끝없이 헤맨다. 그 정글 밖에 널려 있는 안심과 평화와 생명의 긍정과 사랑의 숲은 쳐다보지도 못한 채…

이제 긍정과 사랑의 숲속에서 들려오는 긍정과 사랑의 아름다운 새 소리에 귀를 기울여 보자. 그리고 그 숲속으로 들어가 보자. 거기에는 아름답고 향기로운 갖가지 긍정과 사랑의 꽃이 만발해 있을 것이다. 그곳은 진정한 자유의 세상이다!

부정과 미움을 마음껏 발산하는 것을 자유라고 생각하는 환상에서 벗어나자. 그건 자유가 아니라 자기 학대이며 자기 삶을 노화시키는 것이다. 삶의 노화 에너지의 주범이 되는 것이다. 긍정과 사랑은 당신의 삶의 젊음의 에너지가 되는 것이다. 영원한 마음의 청춘으로 사는 에너지가 되는 것이다. 그야말로 주변에 널려 있는 자유 에너지인 것이다.

긍정과 사랑 속에는 배려, 양보, 감사, 겸손의 '포용'이 들어 있다. 긍정과 사랑은 나를 포용하고 상대를 포용하는 데서 시작된다. 그 포용의 에너지는 나의 자유 에너지인 것이다. 반면에 부정과 미움 속에는 이기, 독단, 오만, 자만의 '배척'이 들어 있다. 이는 나의 구속 에너지인 것이다. 그렇다고 무턱대고 하는 긍정과 사랑은 진정성이 없는 위선이 될 수 있다. 진정한 긍정과 사랑만이 나의 자유 에너지가 되는 것이다. 가치 중립적인 긍정, 무조건적인 사랑이 진정한 긍정과 사랑이 될 수 있다.

진정한 긍정과 사랑의 심리학을 읽으면서 인생길을 걸어가 보자. 거기에는 삶의 노화를 막는 안심과 평화의 '자유' 산책길이 펼쳐져 있을 것이다.

따뜻한 햇살이 긍정과 사랑의 따뜻한 사람의 따뜻한 산책길을 비추며 같이 걷고 있다! 그 길에 따뜻한 안심과 평화의 자유가 깃든다.

공유 안심 세상 피스 미러에 비친 잃어버린 자화상

시간과 망각의 지혜

　신이 인간에게 준 최고의 선물로 '시간'과 '망각'이 있다. 만일 시간이 지남에 따라 인간이 망각을 하지 않는다면 어떻게 될까? 아마도 미쳐버릴 것이다. 그래서 시간과 망각의 지혜는 '비움의 미학'이기도 하다. 불교에서 말하는 '공(空)'과도 일맥상통하는 것이 아닐까? 비워야 채울 수 있고 그 채움이 또 비움이 되어야 한다는 것이다.

　사람은 태어나서는 기억을 잘 못하다 기억을 하면서 성장한다. 그리고 늙으면 자연스레 그 기억이 쇠퇴한다. 그러고 보면 기억은 시간과 함께하는 우리 몸의 일부고 자연의 일부다. 유년기 성장으로부터 노년기 쇠퇴에 이르는 우리 몸의 성장과 노화 과정에 기억의 성쇠가 함께하는 자연의 과정이라고 할 수 있다는 것이다. 이에서 볼 때 시간이 망각의 에너지원인 셈이다. 이는 당연히 순간의 삶에도 적용되는 자연의 축복이기도 하다. 시간과 망각은 묘술인가? 지혜인가?

　시간과 망각은 묘술이면서 지혜다. 그 논리는 시간이 지나면서 상황이 자연스럽게 정리되고 망각되면서 해결된다는 후술하는 "이것 또한 지나가리라."의 논리에 따르는 명약 중 명약인 것이다. 그 명약의 지혜 논리를 망각의 명약을 중심으로 살펴보기로 하자. 여기 망각의 명약에는 당연히 시간의 명약이 들어 있는 것이다.

망각은 신이 주신 자연의 선물이다. 따라서 신의 섭리이고 자연의 섭리이다. 그러니 그 망각을 소중하게 여겨야 한다. 망각을 망각하면 우리의 삶은 노화된다. 이는 신의 섭리인 자연의 섭리를 위배하기 때문이다. '자연의 섭리를 위배하는 데서 인간은 노화된다'는 논리를 망각의 지혜에서도 찾아볼 수 있는 것이다.

망각을 즐겨라! 그러면 당신은 번뇌와 고통과 슬픔, 심지어 기쁨에서조차도 벗어나 안심과 평화의 인생 산책길을 갈 수 있을 것이다. 물론 적절한 지혜의 망각이어야 한다. 병적인 망각 에너지를 부르는 천형과도 같은 치매까지도 신의 섭리, 자연의 섭리로 받아들일 수는 없지 않을까? 하지만 당신의 부모님에게 닥친 치매는 너무나 안타까운 현실이지만 이를 두고 왈가왈부해서는 모두의 삶만 노화될 뿐이다. 치매를 생명 노화 이전에 생명 노화 망각의 자연의 역설로 받아들이면 어떨까? 생명의 노화가 삶의 노화로 이어짐을 막는 자연의 지혜라고 할 수도 있지 않을까?

"그래도." "어떻게든 되겠지." "이것 또한 지나가리라!" 망각의 몸부림들…

고대 이스라엘 왕국을 다스리던 다윗 왕은 어느 날 나라서 최고라 이름난 보석 세공사를 불러 황금 한 조각을 건네주면서 반지 하나를 만들어 줄 것을 명했다. 그러면서 "내가 전쟁에서 큰 승리를 거두어 그 기쁨을 억제하지 못할 때 그를 다스릴 수 있고, 또 내가 절망에 빠져 있을 때에도 나를 이끌어 낼 수 있는 글귀를 그 반지에 새겨

공유 안심 세상 피스 미러에 비친 잃어버린 자화상

넣도록 하라."고 주문했다.

그 보석 세공사는 고민에 고민을 거듭했지만 마땅한 글귀를 찾아 내지 못해 고뇌하다가 문득 지혜로움으로 칭찬이 자자한 솔로몬 왕자를 찾아 가 보기로 했다. 그래서 솔로몬이 제시한 것이 "This, too, shall pass!", 즉 "이것 또한 지나가리라!"였다. 이는 유대인들에게 전해 내려오는 성경의 주석서인 미드라시(Midrash)에 나오는 흥미로운 삶의 지혜를 알려 주는 이야기이다. 그때 송대관의 '세월이 약이겠지요'란 노래를 솔로몬이 이미 부르고 있었던 것이 아닐까?

이 "이것 또한 지나가리라!" 하는 말은 한쪽으로 치우치지 않고 중심을 잡는 지혜를 말하는 것이기도 하지만, 어쩌면 시간과 망각의 지혜를 단적으로 나타내고 있는 것인지도 모른다. 어쨌든 삶의 노화를 막는 가뭄의 단비 같은 말이다. '가뭄의 단비' 하니 또 생각난다. 삶이 가뭄이 들거나 홍수가 나면 그게 바로 삶의 노화가 아닐까? 그 가뭄과 홍수를 잘 조절하면 늙어도 젊게 살 수 있지 않을까?

시간과 망각, 그 묘술이 그 가뭄과 홍수를 조절하는 만능 키(key)가 될 수 있다. 적절히 비를 내리게 하고, 그 비가 넘치면 적절히 흘려보내는 만능 키 말이다. 오늘도 그 만능 키를 찾아 안심과 평화의 산책길을 더듬어 나서 보자. 더듬어도 안 되면 그것 자체를 시간의 흐름에 내맡기고 망각하자! 그러면 그 키(key)가 보일 것이다. 그게 시간과 망각의 지혜의 삶이다. 삶의 노화를 막는 지혜의 삶이다.

자기 사랑과 비움과 자유

   가장 흔하게 쓰는 말 중 하나가 '사랑'이라는 것 아닐까? 그런데 막상 사랑이 무엇이냐고 물으면 쉽게 답하기 어려운 게 또 '사랑'이라는 말이다. 그래서 사랑은 쉽고도 어려운 것인가? 여기서는 '사랑' 그 자체를 논하려고 하는 게 아니다. '자기 사랑'과 그에 따르는 '자기 비움'과 '자기 자유'에 대해서 생각하면서 삶의 노화 문제를 생각해 보고자 하는 것이다.

   자기 사랑은 자신을 사랑하는 것이다. 에리히 프롬(Erich Pinchas Fromm)은 『사랑의 기술(The Art of Loving)』에서 '자기 자신을 사랑하지 않고 오직 다른 사람만을 사랑한다면, 그는 타인을 사랑할 줄 모르는 사람이다'라는 논리로 얘기하고 있다. 이는 무엇을 의미하는가? 자기 자신을 먼저 사랑할 줄 알아야 남도 사랑할 수 있다는 얘기가 아닐까? 이렇게 쉬운 것 같지만 어려운 '자기 사랑'이 삶의 노화 문제와 무슨 관계가 있다는 걸까?

   자기 사랑은 자신의 존재의 가치를 제대로 이해하고 그 존재를 진정으로 소중하게 여기는 데서 시작되는 것이 아닐까? 이는 자기 비움과 자기 자유에서 비롯되는 것이 아닐까? 자기 비움이 없는 삶은 탐욕의 삶이요 자기 증오의 삶이 아닐까? 자기를 괴롭히고 학대하는 삶이 아닐까? 우리의 지난 삶을 되돌아보자. 탐욕과 증오 속에

공유 안심 세상 피스 미러에 비친 잃어버린 자화상

자기 번민과 자기 학대 속에 살아온 것이 아닐까? 이는 자기 비움의 삶은 아예 엄두도 못 내고 자기 스스로를 속박하며 자기 자유를 스스로 박탈하며 살아온 것이 아닐까? 요컨대 우리는 진정 자기 자신을 사랑하면서 살아왔다고 할 수 있는가? 지금도 그러한 자기 사랑의 참 이치를 깨닫지 못하고 진정한 자기 사랑 없이 방황하는 삶을 다람쥐 쳇바퀴 돌 듯이 하고 있는 것이 아닐까?

무엇보다도 자기 비움, 비움의 삶의 참뜻이 무엇인지도 모르는 게 우리의 현실이 아닐까? '자기 비움'이 없는 곳에 '자기 자유'가 있을 수 없음은 당연하지 않을까? '비움'에는 철학적이고 종교적인 뜻이 깃들어 있다고 할 수 있겠지만 그에 대한 나름의 사색을 해 본다.

'비움'은 한마디로 쉽게 말해 'In & Out' 논리로 설명할 수 있지 않을까? 다시 말해 들어온 것이 있으면 그에 맞추어 나가는 것이 있어야 한다는 논리이다. 이는 '균형성'과 '개방성'의 논리이기도 하다. 이에 따라 먼저 들어오기만 하고 나가는 것이 없거나 그 길이 막혀 있으면 그 'In'은 짐이요 자유를 속박할 뿐임을 알고 'In'과 'Out'의 적절한 균형을 기할 수 있도록 하되 이를 위한 개방 시스템을 유지할 수 있도록 하는 기본 원칙을 준수할 수 있도록 해야 한다. 그러기 위해서는 원천적으로 'In'을 적절히 통제할 수 있어야 한다. 인간의 탐욕은 끝이 없다. 그 탐욕을 적절히 통제할 수 있어야 무질서한 'In'을 통제할 수 있다. '절제'와 '중용'이 중요해지는 이유이다. 아울러 묵은 적체를 과감히 해소할 수 있는 'Out'이 필요하다. 우리는 자기도 모르는 사이에 탐욕스런 묵은 적체 속에 매몰되어 있다. 이를 수시로 청소해야만 한다. 이러한 '비움'을 더 함축적으로 개념화하면 '자연의 섭리에 따른 흐름의 질서의 지혜'라고 할 수 있지 않을까? 또 그에는 삶의 가치와 윤리, 도덕 등이 자리 잡고 있는 것이 아닐까? 그렇다면 자기 비움이 없는 곳에 진정한 자기 자유도 없는 것이 아닐까?

결국 '자기 비움'과 '자기 자유'가 없는 상황에서 '자기 사랑'이란 있을 수 없는 것이 아닐까? 그런데도 우리는 자기 사랑 없이 누구를 사랑한다고 쉽게 지껄이며 온갖 오만과 추태를 부린다. '사랑의 허구'라는 장편 소설을 쓰며…:

나는 지금까지 나를 진정으로 사랑해 본 적이 있는가? 남을 진정으로 사랑해 본 적이 있는가? 심지어 나의 부모, 아내, 자식, 형제까지도…. 곰곰이 되씹어 보아야 하지 않을까? '자기 사랑'이 없는 '타인 사랑'은 환상이요 허구임을 깨달아야 하지 않을까?

사랑의 허구에 대해서 좀 다른 차원의 얘기를 한번 해 보자. 정신분석학에 '리비도(libido)'란 개념이 있다. 이는 인간의 성적 본능 또는 성적 충동을 뜻한다. 프로이트(Sigmund Freud) 정신분석학의 기초 개념으로서 이드(id), 즉 무의식에서 나오는 내재적인 정신적 에너지, 특히 성적 에너지를 지칭하며, 융(Carl Gustav Jung)은 이를 좀 더 확장하여 생명의 에너지로까지 해석했다. 이에서 인간은 생래적으로 성적 에너지가 무의식의 정신세계를 지배하고 있다고 할 수도 있지 않을까? 그래서 그렇게 '사랑'이란 말이 남용되고 있는지도 모른다. 그러나 여기서 말하는 자기 사랑의 '사랑'은 그와는 전혀 차원이 다른 말이다. 혹시 당신은 성적인 본능적 사랑에 너무 집착해 진정한 사랑, 그 근원적인 자기 사랑을 망각하고 있지나 않은가?

자기 사랑을 하기 위해서는 자기 자신에게 먼저 겸손하라! 우리는 통상 '겸손'을 생각하면 타인에 대한 겸손을 생각하기 마련이다. 하지만 '사랑'처럼 겸손도 자기 자신에 대한 겸손이 먼저다. 자기 자신에게 겸손하면 자기 사랑을 할 수 있고, 자기 사랑을 할 수 있으면 타인 사랑을 할 수 있고, 이는 곧 타인에 대한 겸손으로 연결된다. 자기 사랑을 통한 타인에 대한 사랑은 타인에 대한 겸손을 낳고, 그 타인에 대한 겸손이 자기 자신에 대한 겸손에서 출발함을 알아야 한다.

자기 자신에 대한 겸손은 자기 자신에 대한 '칭찬'을 아끼지 않는 데서 시작된다. "여기까지 참 잘 왔구나! 고생 많이 했다. 그동안 무척 힘들었지?" "오늘 하루 괴로웠지? 그래도 참 잘 참고 견뎠다." "정말 고맙고 고맙다." 자기 자신에 대한 칭찬은 자기를 자유롭게 해 주는 것이다. 자기를 나무라면 자기를 속박하는 꼴이 되어 자기 자유는 상실되고 마는 것이다. 자기를 칭찬하고 또 칭찬하라! 그러면 자유로워질 것이다. 자기 자신에 대한 겸손이 자기 칭찬을 통해 자기 자유로 이어지는 것이다.

자기 자신에 대한 겸손, 자기 사랑을 자기 스스로에게서 배워야 하지 않을까? 자기 자유를 위해…

자기에게 겸손하고 자기 사랑을 할 수 있는 사람은 영혼이 맑고 자유로운 사람이다! 진정한 자기 자유를 누리는 사람이다. 또 영혼이 맑고 자유로운 사람은 진정한 자기 자유를 위해 진정한 자기 비움을 행하는 사람이다. 이렇게 영혼이 맑고 자유로운 사람은 세파에 시달려도 사고와 행태가 추해지지 않는 아름답고 향기로운 사람이다.

인간은 어찌 보면 '허구'이다. 아름답고 향기로운 체하면서 가장 추한 사고와 행태를 보이는 위선의 가면을 쓰고 있다. 그리고 언젠가는 죽는다. 그래서 허구라는 것이다. 그러나 그 삶은 진실해야 한다. 인간이란 생명체의 육체는 허구지만 그 정신의 삶은 진실해야 한다는 것이다. 비록 그 삶이 죽음의 경계에 있어 일순간 허구가 된다고 할지라도 영혼이 맑고 자유로운 사람은 그 생명의 삶이 죽음을 초월하여 진실할 수 있는 것이다.

'자기 사랑', '자기 비움', '자기 자유'의 삶을 누리는 사람이 바로 영혼이 맑고 자유로운 사람이 아닐까?

영혼이 맑고 자유로운 사람은 신이 준 생명의 영혼을 느끼는 사람이다. 신의 섭리, 자연의 섭리에 따르는 사람이다.

영혼이 맑고 자유로워지면 삶의 노화는 이슬처럼 사라질 것이다. 아니 영혼이 맑고 자유로운 사람에게 삶의 노화는 얘기할 필요도 없지 않을까?

안심과 평화의 인생길 산책에 웬 영혼이 맑은 사람이 삶의 노화를

공유 안심 세상 피스 미러에 비친 잃어버린 자화상

사랑하며 그를 비우고 자유를 구가하고 있다. 그는 몸은 늙어도 마음의 삶은 자유 영혼을 구가하는 영혼이 자유로운 사람이다. 그의 삶은 영원한 청춘이다!

그 어떤 삶의 느낌과 향기에 깃든 영혼, 그게 자기 사랑과 비움과 자유가 아닐까? 거기에서 삶의 노화 해독의 비밀을 읽을 수 있지 않을까?

초월의 삶

보통 사람에게 자기 집착과 구속에서 해방되는 삶인 '초월의 삶'은 어려운 것인가? 석가모니나 예수, 그 외 성인이나 종교적 수행자·수도자들에게서나 찾아볼 수 있는 삶의 경지인가?

초월의 삶을 무엇이라고 정의하느냐에 따라 그 대답은 달라질 것이다. 일반 보통 사람들에게도 초월의 삶은 얼마든지 가능하지 않을까? 자기 집착과 구속에서 해방되는 길은 여러 가지가 있을 것이다. 언뜻 선(禪), 기도, 명상, 묵상 등을 통한 방법이 떠오를 수 있을 것이나 이는 단지 초월의 삶을 탐색하기 위한 하나의 방법일 따름이다. 그 근본 길은 그러한 탐색을 통해서 찾는 그 무엇일 것이다. 그게 뭘까?

그는 삶과 죽음을 초월하는 것이 아닐까? 인간은 탐욕에 빠지는 데서 맹목적으로 삶에 집착하게 되고 이는 곧 죽음에 대한 두려움으로 연결될 수 있는 논리적 메커니즘을 알아야 한다. 탐욕이 탐욕을 불러 삶에의 맹목적 집착을 부르고 이는 곧 죽음에 대한 두려움으로 연결될 수 있다는 것이다. 이에서 자기 삶에의 구속으로 스스로 자기를 구속하는 결과 자유를 구속하는 궁극적인 근원이 죽음에 대한 두려움에 있을 수 있다는 논리도 생각해 볼 수 있는 것이다. 너무 논리 비약적이고 철학적인 사유를 하는 것일까?

곰곰이 지금까지 자신이 걸어온 인생 산책길을 뒤돌아보라. 그리고 앞으로 걸어갈 길도 헤아려 보라. 그 말이 틀리지 않지 않은가? 삶에의 맹목적 집착은 죽음에 대한 두려움과 같은 것이라는 말이…. 죽음에 대한 두려움은 삶에의 맹목적 집착으로 자유를 구속하는 기제로 작용한다는 말이….

이제 초월의 삶에 대한 해석이 가능할 수 있지 않을까? 초월의 삶은 바로 죽음에 대한 초월의 삶이라는 것을…. 나아가 죽음을 초월하여 최선의 '선(善)'을 실행하는 삶, 그게 바로 초월의 삶이 아닐까? 그리고 그 초월의 삶이 진정한 자유의 삶이 아닐까?

당신도 초월의 삶을 살 수 있다. 그 범주에서는 당신도 성인이 될 수 있다. 삶과 죽음을 초월한 자유의 안심과 평화의 거울인 '피스 미러(Peace Mirror)' 속에 그 답이 있다!

삶과 죽음을 초월한 '초월의 삶', 거기에는 자유가 있고 그 자유 속에 안심과 평화가 깃들어 있는 것이다. 그러한 초월의 삶에는 진정한 자유가 있는 것이다. 진정한 자유는 방종, 방탕과 다르다. 방종, 방탕은 지나친 탐욕의 언저리에 있다. 그 속에서 삶은 처절히 노화된다. 탐욕에서 해방된 진정한 자유의 초월의 삶에 삶의 노화는 언감생심(焉敢生心)이지 않을까?

초월의 삶은 삶의 회춘가를 부른다. 삶의 노화에 허덕이고 있다면 지금이라도 초월의 삶을 구가하는 회춘가를 불러 보자!

달려온 미래, 먼저 온 미래, 오래된 미래

현재에 미래가 이미 와 있다면 어떨까? 무슨 말도 안 되는 소리를 하는가? 현재는 현재고 미래는 미래인데 어떻게 미래가 이미 와 있을 수 있단 말인가?

달려온 미래, 먼저 온 미래, 오래된 미래는 현재에 미리 와 있는 미래란 뜻이다. 달려온 미래는 미래가 천천히 다가온 것이 아니라 달려서 빨리 다가왔다는 뜻이고, 먼저 온 미래는 그래서 앞당겨 먼저 와 있는 미래란 뜻이고, 오래된 미래는 이미 현재에 와 있은 지가 오래된 미래라는 뜻이다. 이는 시간적인 현재와 미래 관계를 얘기하는 것이 아니다. 미래에서나 있을 법한 사고와 행태가 현재에 존재함으로써 미래적 사고와 행태를 현재에 이미 나타내고 있음을 의미하는 것이다. 즉, 선각자적으로 미래에 대한 혜안을 가지고 있음을 의미하는 것이다. 미래에 대한 비전을 제시하는 차원이 아니라 바로 그 비전을 현재의 시점에서 미리 현실화시킨다는 차원으로 볼 수 있다고 할 수 있다.

이는 한발 앞서 미래를 내다보고 그를 현재에 미리 실현하려는 비범한 사고와 행태를 소유한 사람을 두고 하는 감탄이기도 하다. 그런 사람에게 희망은 단순한 '기대'가 아니라 '실현'으로 가는 길목에 놓여 있는 것이다. 이는 무얼 의미하는가? 그 희망 속에 미래의 어려움을 해결하는 논리와 방법이 이미 들어 있는 실현 가능한 희망을 노래한다는 것이 아닐까? 이야말로 생명력이 넘치는 진정한 희망이 아닐까? 보통의 희망은 희망이 희망을 노래하는 막연한 꿈으로 묘사되는 경우가 많지만, 이는 희망이 앞이 보여 활력과 실현의 열정으로 가득 찬 경우라고 봐야 하지 않을까? 이런 사람에게 삶의 노화란 있을 수가 없을 것이다. 어떤 어려움이라도 헤쳐 나갈 수 있는 혜안을 가졌기 때문이다.

절망은 삶의 노화의 가장 큰 원흉이다. 절망으로 삶의 에너지를 잃는다는 것은 삶의 노화를 부르는 첩경이 된다. 그래서 희망을 가지고 삶의 에너지를 유지할 수 있는 것이 삶의 노화를 막는 첩경이 된다. 그런데 그 희망이 살아 있는 희망이 되어야지 사실상 죽어 있는 헛된 희망이어서는 그에 따른 실망이 더 커 오히려 삶의 노화를 촉진할 수가 있다.

어쨌든 비록 실현이 안 될지언정 가능성 있는 희망을 가지는 것이 좋다. 그러나 더 좋은 것은 달려온 미래, 먼저 온 미래, 오래된 미래에 대한 희망을 가지는 것이다. 희망에도 등급이 있다. 헛된 희망, 그래도 가능성 있는 희망, 현재 희망보다 한발 앞선 미래 희망이 그것이다. 미래를 미리 내다보고 한발 앞선 희망을 가지자. 그러면 삶의 노화는 더더욱 멀어진다. 미래 희망이 미리 앞당겨져 와 있으니… 그 앞당겨진 미래 희망이 더욱더 큰 활력을 주는 희망이고 더구나 미래가 미리 앞당겨진 만큼 그 실현에 별 오차가 없어 확신의 활력을 줄 수도 있을 것이기 때문이다.

달려온 미래, 먼저 온 미래, 오래된 미래인 '한발 앞선 미래'에는 그 미래의 희망에 대한 +α의 삶의 활력이 들어 있는 것이다. 그 +α가 삶의 노화를 막는 특효약이다. 당신의 인생 산책길에도 그 세 한발 앞선 미래의 희망의 길이 어딘가에 숨어 있다. 그 길을 찾아라! 어느 길로 가도 좋다. 당신의 남은 미래의 삶을 향해 활기차게 걸어갈 수 있을 것이다.

그 길이 보이지 않으면 보일 때까지 걸어라. 분명히 그 길의 울림이 당신에게 다가올 것이다. 그 울림을 위해 당신의 혜안을 계속 읽고 또 읽어야 한다. 귀가 열릴 때까지… 그게 바로 안심과 평화의 삶을 갈구하는 희망의 길이다.

한발 앞서 내다본 한발 앞선 미래는 궁극적으로 안심과 평화를 가기 위한 길이어야 한다. 경쟁에서 승리하여 지배하기 위한 위험과 투쟁의 길이어서는 안 된다. 안심과 평화가 없는 한발 앞선 미래는 허구다! 안심과 평화가 열리는 미래에 다가갈 수 있다면 당신은 한발 앞선 미래를 갈무리하는 혜안을 가지고 있는 것이다. 그리고 그 안심과 평화의 미래는 당신의 삶의 노화를 막는 최상의 백신인 것이다.

우크라이나 전쟁을 일으킨 푸틴(Putin)은 한발 앞선 미래에 대한 희망을 제대로 읽었을까? 비록 그 전쟁에서 일부 승리를 거둔다고 해도 그의 희망은 헛된 희망으로 끝나지 않을까? 인간 자멸의 역사를 꿈꾼 한낱 한 독재자의 말로를 덧씌운 한발 앞선 미래에 대한 사악한 희망의 혜안 아닌 혜안을 가진 것이 아닐까? 한마디로 그의 한발

공유 안심 세상 피스 미러에 비친 잃어버린 자화상

앞선 미래에 대한 희망은 헛된 희망일 수밖에 없지 않을까? 거기에는 그만의 안심과 평화를 빙자한 진정한 안심과 평화의 파괴만 있을 것이기 때문이다. 그 안심과 평화의 파괴로 그의 삶의 노화는 물론 심지어 파멸로 가는 지름길을 못 찾아 안달하고 있는 것이 아닐까? 그 길이 그의 삶의 노화와 파멸로 가는 한발 앞선 미래에 대한 희망의 길임을 모르고 있는 걸까?

우크라이나 전쟁은 푸틴의 헛된 '한발 앞선 미래'에 대한 헛된 희망이지 않을까? 한발 앞선 미래 자체가 없는 것에 대한 헛된 희망으로 죄 없는 수많은 사람들의 삶의 파멸을 초래하는 생존 침탈 전쟁이 아닐까? 전쟁도 전쟁 나름이다. 억압 속에 고통받는 민중을 해방하는 전쟁이 아닌 남의 나라 침략 전쟁에 불과한 전쟁의 안심과 평화 파괴의 부메랑이 그의 삶의 노화와 파멸의 부메랑으로 울려 퍼지지 않을까? 그 부메랑이 오히려 그의 삶을 노화와 파멸에서 구원해 줄 수 있을 묘책으로 착각하고 있는 걸까? 미스터리(mystery) 중 미스터리다! 그 결말이 흥미롭고 궁금하다.

어떠한 경우에도 달려온 미래, 먼저 온 미래, 오래된 미래의 한발 앞선 미래가 삶의 희망의 미래가 되어야지 노화와 파멸의 미래가 되는 어리석음을 저질러서는 안 되지 않을까? 인간의 추악한 탐욕이 부르는 한발 앞선 미래는 한발 더 추악한 탐욕의 늪에 매몰되게 하여 삶의 노화와 파멸의 재앙을 더 한층 부른다는 것을 인생 산책길에서 되뇌는 혜안을 가질 수 있어야 하지 않을까? 그러면 '한발 앞선 미래'가 삶의 노화를 예방하고 생명을 재창조할 수 있는 묘약이 될 수 있을 것이다.

지금 이 순간의 영원

    우리는 통상 시간을 과거, 현재, 미래로 구분한다. 그래서 삶도 과거, 현재, 미래로 구분한다. 그래서 과거에 나는 한때 어떠했다고 자랑을 하기도 하고, 뼈아픈 과거의 시련을 회상하기도 한다. 또 현재에 비추어 미래의 꿈과 희망을 상상하기도 한다. 어제는 이러했고, 오늘은 어떠하고, 내일은 무엇을 할 것이다 등의 과거, 현재, 미래의 시간 구분 서사(敍事)를 읊는다. 여기에 진정한 현재는 있는가? 오늘은 현재인가? 미래인가?

    시간적으로 보면 삶에 과거는 분명히 있다. 과거의 시간은 현실적인 시간이면서 사라진 관념적 시간으로 존재한다. 이에 반해 미래의 시간은 그야말로 관념적으로만 존재하는 비현실적인 시간이다. 미래도 소중한 현실적인 시간이라고요? 그렇다면 당신은 매우 이상주의자일 것 같군요. 물론 미래의 시간의 가능성이 없으면 삶은 암울하겠지요. 그런 만큼 미래도 소중한 시간인 것은 맞다. 다만 그 시간은 존재할 수도 있고 존재하지 않을 수도 있다. 불확실성의 시간이라는 것이지요. 그리고 보니 '불확실성'의 근원이 '미래'라는 시간 괴물 속에서 잉태된 것 같군요. 그러면 현재는요?

    우리는 오늘을 '현재'라는 환상 속에서 살고 있다. 오늘은 현재일 것 같은데 알고 보면 사실은 그렇지 않다. 오늘은 실상 이미 지나간

공유 안심 세상 피스 미러에 비친 잃어버린 자화상

과거이거나 미래인 것이라고 할 수 있다. 오늘의 '지금 이 순간'만이 유일한 현재인 것이다. 오늘의 나머지는 모두 과거이거나 미래인 것이다. 너무 '시간' 개념을 박하게 해석한다고요? 그런데 그게 이성적인 판단인데 어떻게 하겠어요? 아니 감성적으로도 그렇게 느껴야 하는데 안타깝기조차 하네요. 더구나 그 '시간'이 그렇다고 하는데…

우리에게 주어진 유일한 시간은 '지금 이 순간'뿐이다. 오늘도 내일도 아니다. '지금 이 순간'이 나에게 주어진 영원한 시간인 것이다. '지금 이 순간'이라는 시간 메시지에는 심오한 실체적 진실이 숨겨져 있다. '지금'은 오늘 바로 이 순간이라는 뜻이다. '이 순간'은 지금이 바로 이 순간이고 그 순간은 영원하다는 뜻이다. 이는 '지금 이 순간'만이 나에게 주어진 유일한 시간이고 나머지 시간은 불확실하여 알 수 없기 때문에 지금 내가 존재하는 '이 순간'의 시간은 영원하다는 것이다.

순간이 영원하다니?

'오늘 지금 이 순간', 그중에서도 '지금 이 순간', 그중에서도 인지하기가 사실상 불가능한 '찰나(刹那)의 순간'에 우리는 존재하고 있는 것이다. 그리고 그 순간, 찰나는 영원하다는 것이다. 순간, 찰나가 영원하다니 그런 궤변도 아닌 궤변이 어디 있냐고? '?' 궤변 속에 진실이 있다. 우리에게 주어진 유일한 시간은 '지금 이 순간, 찰나'가 전부이다. 그래서 그 순간, 찰나는 영원한 것이다. 그 순간, 찰나 이후의 시간은 불확실하여 사실상 없는 것이기 때문에… 순간은 '0'의 무한 순열이다!

　나에게 존재하는 유일한 시간은 심지어 지금 이 수상(隨想)을 하는
'순간'도 아니다. PC의 자판을 치는 '순간'일 뿐이다. 너무 극단적으로
얘기한다고? 그러나 그게 시간이 우리에게 주는 실체적 진실인데 어
떻게 하겠는가?

　어찌 보면 과거와 미래는 '지금 이 순간'의 실상에 비해 상대적으로
허상이다. 현재도 '지금 이 순간'을 빼면 상대적으로 허상이다. 과거
는 현재의 현실적 영양소일 수는 있다. 과거를 반추하며 현재를 살고
있다는 데서… 미래는 현재의 현실적 에너지일 수는 있다. 미래의 꿈
과 희망이 있다는 데서… 더 폭을 넓혀 관용적으로 보면 과거의 영
양소와 미래의 에너지는 현재 '지금 이 순간'의 관념적 에너지일 수는
있다. 비록 현실적 에너지로서는 한계가 있지만… 그만큼 '지금 이
순간'은 특수한 시간인 것이다.

　과거는 이미 사라진 시간이다. 그 사라진 시간에 연연하는 것은 어
리석은 삶이다. 미래는 사실상 없는 시간이다. 그 없는 시간에 연연
하는 것도 어리석은 삶이다. 현재도 다 나의 시간은 아니다. 단지 내
가 '지금 이 순간'을 연명시키고 있을 따름이다.

　'지금 이 순간'만이 나에게 주어진 유일한 시간임을 알고 그 '순간'
시간에 당신의 버킷리스트를 담아 지고지선(至高至善)의 행복을 찾아
라. 그러면 그 후에 따라 오는 또 다른 더욱 큰 지고지선의 행복은 다

름 아닌 '안심과 평화'가 될 것이다. 지금 이 순간의 '안심과 평화'인 것이다. 여기에 당신의 삶의 노화를 막는 최후의 보루가 있는 것이다. 당신의 인생 산책길은 영원하지 않다. 다만 지금 이 순간만이 영원하다. 그 영원을 위해 지금 이 순간의 안심과 평화의 인생 산책길을 걸어라. 당신에게 존재하는 유일한 '안심과 평화의 찰나'의 시간의 길이다. 그 찰나를 망각해서는 당신의 그 산책길도 없다. 당신의 삶의 노화를 막는 최후의 보루도 없다.

'지금 이 순간의 영원'에 당신이, 당신의 삶이 존재한다. 거기에 당신의 삶의 유일한 시간 좌표가 존재한다. 그 좌표에 당신의 삶의 노화를 막는 안심과 평화의 행복으로 나아가는 유일한 시간이 존재한다.

현실적으로 관념적일 수도 있는 '지금 이 순간'을 인식하고 그 '순간'의 버킷리스트에 당신의 존재와 행복을 담아라! 그게 진정으로 살아 있는 오늘의 버킷리스트가 될 것이다. 나머지 오늘, 내일, 금년, 내년의 버킷리스트는 의미가 없다. 꼭 명심하기 바란다. 그러면 당신의 삶은 영원한 버킷리스트의 시간 속에 있게 될 것이다.

'지금 이 순간'만이 진정으로 당신의 시간이고 그 시간이 당신의 삶에서 영원한 청춘의 순간이 됨을 기억하라! 그 외 시간은 환상일 수 있고 영원한 노화의 순간일 수 있다!

오늘 지금 이 순간, 찰나만이 나의 생명과 삶의 시간임을 아는 데서 한없는 '사랑'과 '겸손'의 '맑고 자유로운 영혼'이 나온다. 그 맑고 자유로운 영혼을 가진 사람에게 노화는 노화가 아닌 그 무엇이다. '지금 이 순간의 영원'의 지혜 속에 그 무엇의 비밀이 숨겨져 있는 것이 아닐까?

삶의 시간 함수식: $y=ax+b$(x: 순간, a: 순간 인식도, b: 지금 이 순간 외 오늘, 내일 시간 존재 불확실성, y: 영원)

삶의 시간 좌표: (x, y)=(지금 이 순간, 지금 이 순간의 영원)

순간이 영원이고 영원이 순간이다!

톨스토이(Leo Tolstoy)의 단편집 『세 가지 의문』에서 그는 "세상에서 가장 중요한 때는 바로 현재 지금 이 순간, 가장 중요한 사람은 지금 함께 있는 사람, 가장 중요한 일은 지금 곁에 있는 사람을 위해 선(善)을 행하는 일이다."라고 하고 있다. 지금 이 순간이 영원이고 또 그 영원이 순간임을 그는 외치고 있는 것이 아닐까? 지금 이 순간의 생명의 시간의 소중함을 외치고 있는 것이 아닐까? 여기에 당신의 삶의 노화가 끼어 들 겨를이 있을까? 톨스토이의 외침이 삶의 노화에 방황하는 당신의 귓가에 아련히 여울져 갔으면…. 삶의 노화에서 벗어날 수 있는 안심과 평화의 잔잔한 울림으로 메아리쳐 졌으면….

"'지금 이 순간의 영원' 메시지는 그렇게 아련히 다가오지만 그 외침은 큰 함성임을 깨닫는 순간 그 메시지는 삶의 노화 해방을 선언하고 영원한 청춘을 구가하는 자의 혜안이 될 수 있을 것이다.

그 혜안은 '순간'이 '무한 연속성'의 '영원'을 구가하는, '지금 이 순간의 무한 연속성=영원'이라는 공식을 말하는 것이 아닐까? 동시에 이는 '순간'이 '0 시간 점(Zero Time Point)'이라는 묘한 비밀을 불러일으키기도 한다. '0 시간 점'은 순간의 영원 점이면서 미래를 향한 출발점이라는 역설적 비밀? '0'은 무(無)가 아니라 유(有)라는 역설? '0'은 정중동(靜中動)이라는 비밀? '순간의 0 시간 점의 비밀'의 정답은 어디에 있을까? 우주 만물의 원리, 양자역학 등의 논리에서 그 답을 찾아야 하지 않을까?"

순간=0 시간 점=정중동=영원?

그 혜안은 왜 그다지도 멀리 있는가?

연작시 '노화'

노화 1

웬 아이가 물었다
언제 어른이 되냐고
그가 스스로 답했다
빨리 어른이 되고 싶다고
누군가가 중얼거렸다
그건 늙어 봐야 안다고…

노화 2

웬 청년이 물었다
언제 늙게 되냐고
그가 스스로 답했다
빨리 늙지 않고 싶다고
누군가가 중얼거렸다
그건 오는 당신 삶의 몫이라고…

공유 안심 세상 피스 미러에 비친 잃어버린 자화상

노화 3

웬 노인이 물었다
언제 이렇게 늙었냐고
그가 스스로 답했다
더 이상 늙지 않고 싶다고
누군가가 중얼거렸다
그건 가는 당신 삶의 몫이라고…

문원경 빙하의 눈물 65X48Cm Acrylic 2015

공유 안심 세상 피스 미러에 비친 잃어버린 자화상

빙하의 눈물

수십억 년 긴 긴 어둠에
산고(産苦)의 눈물 얼어붙어
쌓이고 쌓인 하아얀 전설
그 속 더듬으며
광야로 나올 제
한없는 서러움에 통곡하던 날

신의 은총 사라진 허공에
하얗게 서린 북극곰 한 마리
외로이 포효하며
한줄기 눈물 흘리고 섰네

다시금 그 눈물
하얗게 얼어붙으려나···

그림 시 문원경

이 세상은 복잡할 대로 복잡한 거대한 공장 기계와 같다.
이름 모를 정체불명의 헤아릴 수없는 수많은 부품들이
얽히고설켜 연동해 돌아가는 이상한 나라의 괴물 기계와 같다.
온갖 비밀이 살아 숨 쉬는 오랜 역사를 간직한 채
거대한 동굴 기계와 같다.

아마도 우주의 입자와 파동 세계도 이와 같으리라.
그래서 인간이
양자역학, 자연의 세계를 아는 것이 거의 없다고 할 수 있지 않을까?

인간은 한계 존재이런가?
그 신비한 세상 공장 기계를 보지 못하고 느끼지 못하는…
그에서 그 메커니즘에 역행하는 일들이 수없이 많이 벌어지고 있고
그게 그 공장 기계의 소음을 키우고 있는 것이 아닐까?
또 그게 바로 사건, 사고, 재난 등의 위험사회 현상이 아닐까?

그 위험사회 현상은 세상의 이치에 대한 착각에서 비롯된다.

세상은 무질서한 것 같지만 그 공장 기계 나름의 운행 질서가 있다.
그 질서가 세상의 이치인 것이다.
그 세상의 이치를 아는 데서 안심과 평화는 시작된다.

비밀의 섬

시·공간의 비밀의 섬

우리가 사는 세상에는 너무나 모르는 게 많다. 몰라도 되는 그 무엇을 모르는 게 아니라 알아야 될 그 무엇도 모르는 게 많다. 이는 우리가 사는 세상이 '시·공간의 비밀의 섬'이란 것을 말한다. 인생 산책길에서 만날 수 있는 그 비밀 중 사색 거울에 비친 일부를 들춰 보기로 하자. 당신의 안심과 평화가 깃든 고뇌의 철학적 사색을 위하여… 물론 그밖에도 여러 다른 비밀들이 당신의 인생 산책 거울에 숨어 있을 것이다.

아리스토텔레스의 소요학파가 그랬듯이 산책길 사색은 안심과 평화의 고요 속 많은 철학적 고뇌를 하게 만든다. 그 고뇌는 '?'의 연속인 자연과 인간과 사물에 대한 고뇌인 것이다. 누구나 인생의 철학자가 될 수 있는 법이다. '시·공간의 비밀의 섬'을 산책하며 넓디넓은 저 먼 수평선을 바라보고 푸른 파도 파편 속의 은밀한 속삭임에 귀 기울이면서 사색의 나래를 펼쳐 보자.

그리고 여기의 사색 거울에 비친 '시·공간의 비밀의 섬'을 더듬어 그밖의 당신만의 또 다른 '시·공간의 비밀의 섬'도 곁들여 찾아보자. 인생길에는 수많은 비밀의 문이 있다. 그런데 우리는 그 비밀의 문을 노크를 하다가 잘 열리지 않으면 이내 포기하고 돌아 서곤 한다. 그 비밀의 문 안에는 안심과 평화의 삶의 희극과 위험과 전쟁의 삶의 비

공유 안심 세상 피스 미러에 비친 잃어버린 자화상

극을 동시에 속삭이는 광대들이 함께 뒤섞여 있다. 그를 잘 가려 안심과 평화를 위한 인생길 산책이 될 수 있도록 하여야 할 것이다.

그 비밀의 섬에서 아리스토텔레스의 철학 사색 소요를 회상하며 나를 다시 발견하고 남은 인생길에 새로운 이정표를 설계할 수 있는 나름의 사색을 걸어 보자. 그리고 그 사색 걸음이 담긴 사색 거울에 나의 과거와 현재와 미래를 비춰 보자.

비밀이 비밀을 낳고, 그 비밀 속 고뇌가 고뇌를 낳고, 그 고뇌 속 사색이 사색을 낳고, 그 사색 속 철학이 철학을 낳고, 그 철학 속 인생이 인생을 낳는다!

그게 인생이다!

만물의 근원

보이지 않는 것에서 모든 것이 비롯된다!

보이지 않는 것에 숨은 만물 작용·생성의 원리!

작용 반작용은 정(正)의 만물 생성과 부(負)의 위험 생성의 근원!

보이지 않는 것을 비웃는 보이는 것의 오만!

보이는 것이 속인다! 보이지 않는 것이 더 아름다울 수 있다!

보이는 것도 보지 못하고 보이지 않는 것에는 오만한 바보들!

보이지 않는 것에 숨은 태생적 위험!

보이지 않는 것을 보는 겸손이 안심과 평화 생성의 근원!

우주 탄생 전후 원형 세계의 만물 연계가 진정한 만물의 근원?

보이는 것도 공(空) 보이지 않는 것도 공(空), 공(空)이 만물의 근원?

원형 세계는 만물의 근원인 원초적 공(空)의 세계?

공유 안심 세상 피스 미러에 비친 잃어버린 자화상

불확실성이란?

불확실성은 알면서도 모르는 것이다!

불확실성 속에 비밀이 있고 답이 있다!

불확실성이 불확실성을 부른다!

불확실성은 변화의 근원이다!

불확실성은 선택과 결정의 딜레마(dilemma)를 부른다!

불확실성은 태생(胎生)적 위험이며 후생(後生)적 기회이다!

불확실성은 부(負)와 정(正)의 양면성을 가지는 공공재라고 할 수 있다!

불확실성 게임에 매몰된 슬픈 군상(群像)들!

신이 불확실성을 창조하고 위험 근원의 인간의 원죄를 묻고 있다!

불확실성 위험 탓의 인간의 원죄가 신의 안심과 평화를 탓하고 있다!

방심

삶은 방심의 연속이다.

방심은 무질서로 흐르기 쉽다.

방심에서 모든 위험이 근원된다.

방심은 '모든 위험은 내면에서 비롯돼 외면으로 향한다'의 근원?

'설마'와 '망각'은 방심의 근원이다.

'혹시나?'의 방심이 '역시나!'로 답한다.

'무심코'를 경계하라! 방심의 변명이 될 수 없다.

오만이 방심을 부르고 방심이 위험을 부른다.

오만의 방심 속 싹튼 겸손이 안심(안전) 경계(警戒)의 씨앗이 된다.

겸손의 방심이 오만의 방심을 불러 방심의 위험을 부른다.

공유 안심 세상 피스 미러에 비친 잃어버린 자화상

가장 안심(안전)한 길이, 또 가장 안심(안전)할 때가 가장 위험하다.

조용할 때가 의외로 위험하다.

위험에서 벗어나 안심(안전)해질 것 같은 때가 가장 위험한 때이다.

항상 처음(시작)과 끝(마지막)이 위험한 법이다.

젊었을 때가 더 위험하다? 늙었을 때도 위험하다고?

세상에 위험하지 않은 것은 아무것도 없다? 방심의 후회?

위험을 무릅쓰지 않는 삶이 가장 위험하다? 방심의 역설?

　안심과 평화의 거울인 '피스 미러(Peace Mirror)'에 비친 자신의 모습에 넋이 빠져 오만하게 방심한 나머지 그리스 신화의 '나르키소스(Narcissus)'처럼 자기 사랑 도취의 '슬픈 환상'의 자기 위험에 빠져서는 안 될 것이다. 안심과 평화에 오만은 없다. 오만한 순간 안심과 평화의 방심은 '슬픈 오만'의 '슬픈 방심'의 자기 위험을 부른다. 수선화(水仙花) '나르시서스(narcissus)' 전설을 피스 미러에 비춰 보자!

양자역학, 'a'의 수수께끼

a는 무엇일까?

a는 그 무엇을 더하는 것?

a는 그 무엇을 빼는 것?

a는 오차?

a는 불확실성?

a는 임계점(임계상태)?

a는 격변?

a는 복잡계?

a는 비밀?

a는 허구?

공유 안심 세상 피스 미러에 비친 잃어버린 자화상

α는 아름다움?

α는 만능의 신?

．．．．．．．

α는 양자역학의 진실?

α는 양자역학의 초정밀 오차 항

양자역학은 인과적 확률론

양자역학은 순간적 확률론

양자역학은 필연을 가장한 우연

양자역학은 우연을 가장한 필연

양자역학은 질서와 무질서의 공존

양자역학은 불확정성의 원리

양자역학에 해답은 있어도 정답은 없다.

양자역학은 '프레임(frame)의 법칙'

물리학을 비롯한 과학에 100%는 없다.

과학은 뉴턴(Newton)·라플라스(Laplace)의 결정론에서 벗어나고 있다.

과학은 절대적 결정론이라기보다 상대적 결정론이라고 할 수 있다.

과학이 확률론에 그칠 때 결정론의 관점에서 허구일 수 있다.

그게 인간의 한계다!

그게 인간이 신과 자연 앞에 오만한 이유다!

∴ 양자역학은 'α'의 불확실성의 법칙의 세계다.

∴ 양자역학은 'α'의 무한한 위험의 세계다.

∴ 양자역학은 '순간'의 확실성의 세계다.

∴ 양자역학은 '순간'의 안심과 평화의 세계다!

∴ 양자역학은 인간이 신과 자연 앞에 겸손해야 할 이유다!

양자역학 등 과학 위에 신의 섭리, 자연의 섭리가 있다. 과학은 그 하위 체계로서 실상은 인간이 위대한 자연 질서의 발견자인 양, 자연 질서의 모든 것을 아는 양 신의 섭리, 자연의 섭리를 넘보고 오만을 떨고 있는 것이다. 양자역학의 'α'는 초정밀 오차 항으로서 인간이 신의 섭리와 자연의 섭리 앞에 겸손할 때 그 오차의 실체적 인지와 해석을 통해 최대한 정밀한 과학의 실체에 도달할 수 있다. 아니면 과학은 허구일 수 있다. 과학의 진실은? 양자역학=동양 철학=과학의 진실?

지금도 일본 후쿠시마 원전 방사능 오염수 방류를 두고 왈가왈부하고 있다. 인간이 자연의 비밀, 우주의 비밀에 대해 0,000…1%도 모르면서 '과학'이란 이름으로 오만(五萬) 오만(傲慢)을 떨고 있다. 후쿠시마 오염수 방류를 '과학'이란 이름의 방패로 서로가 정당한 양 패를 갈라 떠들고 있다. '과학'이란 이름으로 서로가 합리화를 외치고 있다. 어느 쪽이 맞든 과연 그럴까? 인간이 자연의 비밀, 우주의 비밀을 모른다는 것은 불확실성의 시·공간 속에 있음을 의미한다. 위험사회 관점에서 불확실성은 그 자체가 '위험'이다. 불확실성 상태에서 방사능 오염수 투기를 두고 왈가왈부하는 것은 난센스가 아닐까? 양쪽 그들이 떠들고 있는 과학의 확실성의 정체는 무엇일까? 그 잘난 체 하는 과학 이전의 인간 심리 벡터(vector)는 비과학적 허상이라고만 치부할 수 있을 것인가?

정치 논리로 인간의 보잘 것 없는 한 알 지식 나부랭이 과학으로 신의 과학을 억누르고 있는 그들은 누구인가? 그들은 과연 성공할 수 있을까? 진정한 자연 과학은 존재하는가? 인간이 말하는 '자연 과학'은 인간의 과학일 뿐 진정한 '자연의 과학'은 아니지 않을까? 자연이 무한한 신의 섭리에 따라 품고 있는 '자연의 과학'은 인간이 유한한 보잘것없는 지식으로 업적이라고 칭하는 그들만의 과학 게임인 오류 잠재 확률론적 '자연 과학'과는 원천적으로 그 차원을 달리하고 있음을 깨닫고 또 깨달아야 하지 않을까? 진정한 과학은 어떤 것일까?

신의 섭리, 자연의 섭리에 따른 신의 과학, 자연의 과학만이 진정한 과학이다! 어째서 신과 자연 초월 신(新) 방사능 과학 노벨상을 오만[2]의 자연 과학에 덧씌워진 일본에 주려고 하는가?

어쩌면 사물의 기준은 인간이 과학의 합리화를 위해 상대적으로 개념화하는 수단의 징표일 수 있다. 사물 과학의 이론과 임상에 근거한 현실 사물의 기준은 절대적이 아닌 상대적인 개념으로서 거기에는 확률론적 오차가 존재하기 마련이다. 그 기준이 평균적 개념이기 때문이다. 그 오차를 무시할 수도 있지만 무시해서는 안 되는 경우도 있다. 방사능 오염 같은 절대적 위험사회 현상의 경우가 그렇지 않을까?

위험사회에는 평균 개념은 성립되지 않는다. 위험사회는 정규분포 곡선 상 양 극단의 가까운 위치에 자리 잡고 있는 영역이다. 따라서 위험사회에는 근원적으로 평균적 개념을 기반으로 한 절대적 기준이란 허구이며, 상대적 기준만이 위험사회 현상을 설명할 수 있다. 이를 망각하면 위험사회 현상을 제대로 포착할 수가 없다. 방사능 오염 위험은 이러한 논리를 깨트리는 성역이 될 수 있는가?

우리가 사물 현상을 이해한다는 것은 그에 깃들은 오차를 실체적으로 인지하고 해석하고 판단한다는 것이 아닐까? 그런데 그 어떤 절대적 기준만을 고집한다면 이는 사물 현상을 왜곡하게 되는 것이 아닐까? 여기에서 오차의 위험이 발생하게 되는 것이 아닐까?

'과학의 사물 기준=과학 확률론=과학 오차=위험'이란 공식은 무얼까?

양자역학의 'a'의 논리를 깨달아야 하지 않을까? 양자역학이 그렇듯이 과학은 어쩌면 '순간'의 과학, 순간의 확률의 과학이라고 할 수 있지 않을까? 그 '순간'에서 양자역학의 'a'라는 초정밀 오차 항이 확률론적으로 생겨나는 것이 아닐까? 그 'a'의 논리에서 위험사회의 위험의 근원과 실체적 진실을 발견할 수 있는 것이 아닐까?

오차가 없다고 단정할 수 있는가? 그것 자체가 위험이다!

신과 자연은 양자역학을 알고 있다. 인간 한계와 오만의 심원(深原)에 양자역학의 비밀이 숨겨져 있음을⋯. 그 비밀은 다름 아닌 오차의 위험의 실체적 진실인 'α'라고 할 수 있지 않을까? '태생적 위험'의 'α'?

사물의 과학에는 양자역학의 'α' 같은 오류가 인과론적으로 발생하는 확률론의 세상이 숨겨져 있다. 거기에 '태생적 위험사회'라는 위험사회의 필연성이 잠재해 있는 것이 아닐까? 내 안에 숨겨진 신과 자연의 그 'α'의 비밀에서 안심과 평화의 '피스 미러(Peace Mirror)'에 숨겨진 진정한 사물의 과학의 생명의 숨결을 들을 수 있지 않을까?

'무(無)'의 수수께끼

'무'에는 수많은 비밀이 숨겨져 있다? 절대적 무? 상대적 무?

무(無)가 없으면 유(有)가 없고?
유가 없으면 무가 없다?
무는 우주와 만물 생성의 원리이다?

무를 창조하면 유가 파괴되고?
유를 창조하면 무가 파괴된다?

있다가 없다?
없다가 있다?
무는 만물 변화의 원천이다?

양자역학에서 양자 진공은 무인가? 유인가?
제로 포인트 필드(Zero Point Field)란 양자 진공 안 우주 에너지 장
(場)은 무인가? 유인가? 무는 모든 에너지의 원천이 아닐까?

제로 포인트 필드에는 우주의 과거와 현재와 미래의 모든 사
건이 파동으로서 홀로그램(hologram) 구조로 기록되어 있다는
가설은?

무가 유가 되고 유가 무가 되는 우주 비밀의 진실은 신만이 알고
있는 것인가?

무는 신의 우주와 만물 창조의 재료이다?
무에서 무로 가는 우주의 멸망도 신의 섭리인가?
무는 우주의 미스터리(mystery)의 미스터리이다?

무에서 유의 창조는 비극의 시작이다? 인간 원죄의 시작이다?
신의 무가 인간을 위험에 빠뜨렸는가?
인간의 유가 인간을 위험에 빠뜨렸는가?

모르는 게 편하다?
없는 게 더 편하다?
무는 안심과 평화의 근원이다?

내 안에 신과 우주의 무가 들어 있다? 무는 생명의 영혼의 근원이다?
나는 무의 창조자인가? 파괴자인가? 절대적 무?

무에서 일시적 유가 되고 그 유가 다시 종국적으로 무로 가는
무=유=무의 '무의 게임'의 진실은 누가 알고 있는가? 상대적 무?

무에서 무를 창조한다! 무로 시작해 무로 끝나는 창조!
무는 영원하다! 알고 보면 모든 게 아무것도 아니다!
무=무한대=0의 비밀? '무'는 '0'? '0'은 '유'? '무'는 '무'?

정(靜)과 동(動)

정과 동은 다른 것이다.
정과 동은 같은 것이다.

정에도 동이 들어 있다.
동에도 정이 들어 있다.

정이 동이 된다.
동이 정이 된다.

정중동(靜中動)은 질서일 수 있다.
동중정(動中靜)은 질서일 수 있다.

정중정(靜中靜)은 무질서일 수 있다.
동중동(動中動)은 무질서일 수 있다.

정과 동의 조화와 균형에서
질서와 무질서는 공존한다.

공유 안심 세상 피스 미러에 비친 잃어버린 자화상

정과 동의 가장자리에서
질서와 무질서는 공존한다.

정과 동의 질서와 무질서 공존은
복잡계 세계의 창발(創發)적 현상이다.

정은 안심과 평화의 세계이다.
정관만물(靜觀萬物)이다!

동은 변화와 성쇠의 세계이다.
만물유전(萬物流轉)이다!

정과 동의 현재(顯在)는 만물 생성과 변화의 원리이다!
정과 동의 잠재(潛在)는 만물 연계의 이치이다!

정과 동은 생명의 영혼의 호흡이다!

경계(境界)≒물리학의 복잡계 임계상태(criticality)

경계란 무엇일까? 인간의 경계, 사물의 경계, 경계는 자연의 섭리일까?

여기의 인간의 경계, 사물의 경계는 원천적으로 자연적인 인간 본질의 경계, 사물 본질의 경계라고 할 수 있다. 하지만 현실적으로는 인위적인 형식적 경계를 통상 경계라고 인식하는 경향이 있다.

경계를 한마디로 말하면 '화이부동(和而不同)'이라고 할 수 있지 않을까? 화이부동은 조화, 화합을 이루나 같아지지는 않는다는 뜻이다. 그 반대는 '동이불화(同而不和)'이다. 어떤 사람은 '화(和)'는 나와 다른 것을 존중하고 공존하는 원리이고, '동(同)'은 흡수해서 자기 것으로 만드는 원리라고 하고 있기도 하다. 경계에서는 '화'는 이루어지나 '동'은 이루어지지는 않는다고 볼 수 있지 않을까? 소통과 포용으로 수많은 창조적 변화가 창발(創發)적으로(emergently) 일어나는 곳이지만 그 변화는 '화'이기는 하나 결코 '동'이 되는 것은 아니라는 데에 경계의 철학적 의미가 있지 않을까?

한편, 물리학의 복잡계 임계상태(임계점) 논리에서도 경계를 바라볼 수가 있다. 경계는 임계상태가 일어나는 점이라는 것이다. 임계상태는 질서와 무질서(혼돈)가 공존하는 곳이 된다(여기의 혼돈은 질서도 나타내 엄격하게는 무질서와는 구분되나 그냥 무질서라고 이해하기로 한다). 이는

공유 안심 세상 피스 미러에 비친 잃어버린 자화상

경계는 질서가 무질서(혼돈)으로, 무질서(혼돈)가 질서로 될 수 있는 곳이라는 것이 된다. 즉, 질서=무질서(혼돈)이라는 묘한 역설적인 논리가 성립되는 곳이다. 요컨대 경계는 새로운 질서와 무질서(혼돈)가 끊임없이 생성되는 무한한 변화가 창조되는 곳이다. 그런 희한한 '경계'와 '물리학의 복잡계 입계상태' 논리라니? 그에는 또 어떤 비밀이 숨겨져 있는 걸까?

물리학의 복잡계 임계상태는 더 치열하게는 그 경계에서 극도의 불안정성의 상황에 있어 어떤 '격변'이 일어날지도 모르는 일촉즉발의 극도의 민감 상태에 있다고 할 수 있다. 이는 경계는 질서가 무질서로도 되고 무질서가 질서로도 되는 등 무수한 변화가 일어날 수 있는 무한 변화 잠재 점이라는 데서도 알 수 있는 것이다. 특히, 물리학의 복잡계 이론의 핵심 개념적 논리라고 할 수 있는 이 '임계상태'는 무엇보다도 '너무나 사소한 원인으로 엄청난 대격변이 일어날 수 있는 점'이라고 할 수 있는데, 그 임계상태 점을 '경계'란 관점에서 보면 '격변이 일어날 수 있는 경계점'에 있다고 볼 수 있다. 격변의 경계점이 임계상태 점이 된다는 것이다. 따라서 그 경계(境界)를 제대로 관리하지 않으면 그 임계상태를 제대로 경계(警戒)할 수 없어 당신은 예기치 않은 그 격변의 낭패를 볼 수 있다. 경계의 논리, 임계상태의 논리는 삶의 소중한 지혜가 되는 것이다.

경계, 임계상태를 잘 관리하면 당신은 당신의 삶을 성공적으로 이끌 수 있다. 삶의 장애와 실수와 실패 등의 위험이 임계상태에 접근한다 싶으면 일단 멈춰 서서 그를 차단시켜야 한다. 그 임계상태에서는 너무나 사소한 원인으로 대격변의 위험의 재난화가 일어날 수 있음을 명심해야 한다는 것이다. 예컨대 감기, 암 등 질병 초기에 방심하다간 그 임계상태에 이르러 돌이킬 수 없는 지경에 처할 수 있음을 깊이 깨달아야 한다는 논리이다. 이렇게 임계상태의 논리를 알면 당신은 감기나 암 등의 질병 초기에 '무리(無理)'를 멈출 줄 아는 지혜를 터득할 수 있을 것이다. 당신의 삶의 성공도 마찬가지이다. 성공을 향한 막바지에서 성공의 임계상태를 향한 0.1%의 에너지가 결정적으로 중요하다. 그게 바로 임계상태에서의 대격변 초래의 너무나 사소한 원인이 될 수 있다는 것이다. 그 0.1%가 성공의 임계상태에서 당신을 성공의 대격변으로 인도할 수 있다. 그런데 우리는 그 0.1%를 제대로 관리하지 못해 성공의 문턱에서 주저앉고 마는 실패의 안타까운 현실에서 그 어리석음을 탓하는 경우가 있지 않은가?

다시 경계의 본질적 논리에 대한 얘기로 돌아가 보자.

경계는 서로 다른 것이 결코 같아지지 않으면서 무한한 변화가 창출되는 매우 역동적인 실체라고 할 수 있다. 그래서 그 경계를 기점으로 서로 다른 세계가 존재하게 되는 것이다. 통상 사람들은 현대사회는 융·복합 사회라서 경계가 무너지고 있는 사회라고 한다. 이는 정확한 논리적 표현이 아니다. 경계가 없는 인간과 사물의 세계는 없다. 융·복합 사회가 되는 것과 경계가 무너지는 것과는 논리적으로 그 차원이 구별된다고 봐야 하지 않을까? 융·복합이 이루어지더라도 그 융·복합 대상의 각 고유 영역 자체가 소멸된다는 것이 아니라 단지 기능적으로 새로운 융·복합 영역이 생겨난다는 것으로 봐야 하지 않을까? 그러므로 아무리 융·복합이 이루어져도 결코 그 원천적 경계는 무너지는 것이 아니지 않을까?

경계가 있음으로써 우주 만물의 질서가 유지되는 것이다. 경계가 무너지면 인간 간의 정체성과 모든 사물의 개념과 논리가 무너지는 것이다. 인간의 정체성과 사물은 그 어떤 경계를 기준으로 규정되기 때문이다. 어떻게 보면 경계는 자연의 섭리라고도 볼 수 있다. 아무리 인간이 경계를 무너뜨리려고 해도 그 의도를 자의적으로 그렇게 해석할 뿐이지 그 경계의 본질은 훼손될 수 없는 것이 아닐까? 경계란 그처럼 오묘한 그 무엇이다!

경계 중에는 인간이 의도적으로 설정해 놓은 것도 있다. 이는 진정한 경계라기보다는 하나의 인공적 장벽일 뿐이다. 국경이 그렇고, 시장 독·과점 규제 등이 그렇다. 이러한 수없이 많은 인위적 경계는 인간이 살아가는 한 방식이다. 모든 사회 제도가 바로 그렇다. 그러나 진정한 경계는 원래 자연적으로 존재했던 경계들인 것이다. 인간의 본질의 경계가 그렇고 사물의 본질의 경계가 그렇다. 그 자연적 경계들에서 경계의 본질적 논리들이 사유되는 것이다. 그 사유되는 경계의 본질적 논리들은 임의로 그 근본을 달리 할 수가 없다. 단지 사유의 관점에 따라 그 해석을 달리 할 뿐이다.

인간의 본질의 경계, 사물의 본질의 경계를 제대로 인식하고 해석할 수 있을 때 세상의 이치를 바로 바라볼 수가 있다. 그리고 경계의 자연의 섭리를 읽는 사고와 행태를 보일 수가 있다. 이는 경계의 '철학'을 이해할 수 있는 데서 삶의 중요한 지혜를 터득할 수 있음을 말한다.

자연의 원천적인 관념적 경계 개념은 사유의 세계에 속한다고 할 수 있다. 그래서 현실적 경계 개념과는 차이가 있을 수가 있다. 하지만 현실의 경계를 해석할 때에도 그 사유적인 관념적 경계 개념의 논리가 기준이 되어야 할 것이다. 그 기준이 무너진 곳, 즉 자연의 원천적 경계 개념이 사라진 곳에는 인간의 자의적인 경계 설정이 이루어지기가 쉽다. 이는 자칫 경쟁, 지배 등으로 대립과 갈등, 혼란 등을 초래해 괴질서, 무질서의 위험을 부르게 된다. 안심과 평화의 산책길에 놓인 거울에 '경계의 역설'의 참모습을 비춰 보자! 질서=무질서=위험의 역설을….

경계가 존재하기 때문에 내가 존재하고 사물이 존재한다. 경계를 알면 나의 본질이 보이고 사물의 본질이 보이고, 나아가 자연의 섭리도 보이게 된다. 그리고 보니 자연의 섭리가 바로 나와 남, 나와 사물, 그리고 사물과 사물의 하나의 크나큰 경계라는 것을 깨닫게 된다. 이에 '경계'의 진정한 참 의의가 있다고 할 수 있지 않을까? 아울러 경계는 인간 간, 인간과 사물 간, 사물 간의 '관계성'의 또 다른 모습임을 알 수 있을 것 같다. 이 세상의 모든 것은 '관계성'에서 근원되고 그게 자연의 섭리가 아닐까?

'경계(境界)≒물리학의 복잡계 임계상태'는 경계의 개념을 철학적으로 나타내고 있는 '경계 수학식'이다. 즉, 경계는 물리학의 복잡계 임계상태와 다르게도 같게도 볼 수 있는, 오묘한 그 무엇들의 무한한 변화가 창조적으로 창발되는 점이라는 것을 나타내고 있는 '경계 수학 철학 식'이다. 그 '경계 수학 철학 식'에서 당신의 '경계 철학 식'을 찾아 경계의 자연의 섭리에 다가가 보자. 그러면 안심과 평화의 경계가 보일 것이다. 진정한 안심과 평화는 경계의 '철학'을 이해하는 데서 시작된다. 여기에 경계의 진정한 의미가 있다!

나비 효과(Butterfly Effect)

나비의 날갯짓이 지구 반대편에서 폭풍우를 일으킬 수 있다? 물론 그럴 수도 있다. 그러나 거기에는 그 날갯짓 하나만으로 그렇게 되는 것은 아니지 않을까?

물론 그 날갯짓이 결정적 요인이라고 해석할 수도 있을 것이다. 그러나 그를 증명할 수는 없다? 어떻게 그 수많은 요인 중 하나를 가지고 그게 결정적 요인이라고 할 수 있겠는가?

그래서 나비 효과는 하나의 가설일 따름이다. 그래서 나비 효과는 하나의 비밀이 된다. 그 비밀을 찾아낼 수 있을 것인가?

그 비밀이 물리학의 복잡계에 들어 있지 않을까? 이 세상의 상당 부분은 복잡계다. 여러 요소가 상호 작용하여 그 어떤 패턴 내지 질서를 만드는 창발적 특성(emergent properties)을 가진다는 것이다. 나비의 날갯짓이 일으킬 수 있다는 폭풍우는 여러 수많은 요소가 작용하는 가운데 나타나는 그 어떤 패턴 내지 질서의 표현이라고 볼 수 있지 않을까? 나비의 날갯짓이 그 패턴 내지 질서의 계기를 만들었다는 것이 아닐까?

이처럼 나비의 날갯짓의 더 정확한 의미는 물리학의 복잡계 논리

공유 안심 세상 피스 미러에 비친 잃어버린 자화상

에서 찾을 수 있다. 당신의 인생도 마찬가지이다. 수많은 나비의 날갯짓이 당신의 인생길에 놓여 있는 것이다. 그 날갯짓이 일으키는 복잡계 산책길을 걸어가고 있는 것이다.

그 나비의 날갯짓이 폭풍우가 아니고 안심과 평화의 훈풍의 날갯짓이었으면 좋겠다. 거기에 아름다운 삶의 향기까지 곁들여 실려 오면 더욱 좋겠다. 그런데 묘하게 당신의 인생 산책길에 놓인 거울에 비친 당신의 모습에 따라 그 날갯짓이 다 다르게 나타나고 있다.

그 날갯짓은 웬 태곳적 구도자가 갈구하던 안심과 평화의 생명의 영혼이 돌고 돌아 당신의 안심과 평화의 숨결로 이어져 내려 당신의 인생 산책길에 피어 있는 안심과 평화의 들꽃에 사뿐히 내려앉아 숨 쉬고 있는 그 태곳적 나비의 날갯짓이 아닐까? 그 안심과 평화의 나비의 날갯짓은 그렇게 태곳적부터 이어져 당신의 생명의 영혼의 숨결에 스미어 펄럭이고 있었음을 아는지 모르는지…

그 안심과 평화의 나비의 날갯짓은 당신의 삶의 여정에서 인생 산책길에 흩뿌려진 인고(忍苦)의 생명의 영혼을 더듬어 아우르고 있는 것임을 알았으면 좋으련만… 안심과 평화의 나비의 날갯짓은 당신의 인고의 생명의 영혼 속에 감춰져 있다! 나비 효과의 비밀을 부르며…

구름 길

구름에 길이 있다면 그 길 걸어 산책을 하고 싶다.
그 속에 숨어 있는 요정을 만나고 싶다.

구름에 길이 있다면 그 길 걸어 산책을 하고 싶다.
그 속에 숨어 있는 마술사를 만나고 싶다.

구름에 길이 있다면 그 길 걸어 산책을 하고 싶다.
그 속에 숨어 있는 유령을 만나고 싶다.

구름에 길이 있다면 그 길 걸어 산책을 하고 싶다.
그 속에 숨어 있는 정령(精靈) 신(神)을 만나고 싶다.

구름에 길이 있다면 그 길 걸어 산책을 하고 싶다.
그 속에 숨어 있는 우주 신(神)을 만나고 싶다.

구름에 길이 있다면 그 길 걸어 산책을 하고 싶다.
그 속에 숨어 있는 영혼 신(神)을 만나고 싶다.

구름에 길이 있다면 그 길 걸어 산책을 하고 싶다.
그 속에 숨어 있는 너를 만나고 싶다.

공유 안심 세상 피스 미러에 비친 잃어버린 자화상

구름에 길이 있다면 그 길 걸어 산책을 하고 싶다.
그 속에 숨어 있는 나를 만나고 싶다.

구름에 길이 있다면 그 길 걸어 산책을 하고 싶다.
그 속에 숨어있는 천사를 만나고 싶다.

구름에 길이 있다면 그 길 걸어 산책을 하고 싶다.
그 속에 숨어 있는 안심과 평화를 만나고 싶다.

무지개

무지개는 물리 현상 외 그 무엇이다?

그 속엔 인간의 애환이 서려 있다.

폭풍우 뒤 새 삶의 징조를 읽은 후 사라지는 우리의 거울이다.

무지개는 그 거울 속에 수많은 삶의 비밀을 감추고 그 비밀들을 하나씩 꺼내 또 둥그렇게 거울을 만든다.

그 무지개 비밀 거울에 꿈과 희망과 행복을 찾는 나를 비춰 본다.

내일 밤 폭풍우가 몰아친 후 아침 햇살에 무지개 요정이 그 비밀 거울을 비추며 꿈과 희망과 행복을 타고 날아오르겠지….

나도 그 요정처럼 무지개 비밀 거울 속 꿈과 희망과 행복을 타고 무지개를 산책하고 싶다.

그게 안심과 평화의 무지개 산책길이었으면 좋겠다.

무지개 동화는 바로 우리들의 참삶이다!

공유 안심 세상 피스 미러에 비친 잃어버린 자화상

야생화 전설

태곳적 용암 흘린 채
심해 사연 갈무리한
검푸른 지평선 너머
웬 들꽃 하나
생명 숨결 흔들며
억년 기억 둘러메고

타임머신 까아만 세월
희뿌옇게 되돌아
널린 대지 숨은 비밀
휘돌아 머금고
다시금 피어난
그때 그 야생화

4차원 홀린 망각
야생화 눈짓 훔쳐
억년 야생 기억 기워
허공 어깨에 풀쳐 놓고

황야에 녹슨 시간

태초의 그 자태
순간인 양 읊조리며
야생화 전설 속으로
떠나는 나그네

억 년 머금은 야생화 정령(精靈)
점점이 검붉게 영글어
생명 불꽃 달래며
태고 전설 귀 기울이네

　나는 야생화를 무척이나 좋아한다. 그래서 위의 시를 지어 노래해
봤다. 야생화에는 왠지 모르게 태곳적 전설의 비밀이 숨겨져 있는 것
같다. 황야의 모진 폭풍설을 견뎌 내고 폭풍우 속에서도 하늘거리며
결코 꺾어지지 않는 그 인고(忍苦)의 세월이 억 년의 전설을 머금고
있는 것 같다.

　야생화는 강하다. 강한 만큼 온갖 풍상을 겪은 탓에 천리 밖 소리
도 귀 기울여 주는 아량이 황야를 두른다. 옆을 스치면 고개 숙여 생
명의 감사와 겸손의 마음을 전한다. 그에는 은은한 향기가 있는 듯
없는 듯 스며 있다. 그래서 야생화는 고귀한 기품을 지니고 있다. 야
생화는 우아한 아름다움이다!

　야생화는 거친 황야에 안심과 평화의 산책길을 다독이며 유독 많
이 피어 있다. 억 년의 숱한 만고풍상(萬古風霜)이 겹겹이 쌓인 황야의

비밀을 간직한 채 그 비밀의 생명수를 머금고 자란 탓에 고고한 지혜의 그림자가 고요한 정적 속에 잠들어 있다. 그 지혜의 그림자조차도 안심과 평화의 산책길을 가릴까 봐 노심초사하고 있다. 야생화는 온갖 시련에 지혜롭게 성숙할 대로 성숙한 인격체다. 거친 황야의 야생을 헤치며 안심과 평화의 산책길을 더듬고 더듬어 지혜롭게 걸어온 구도자다. 그 지혜조차도 그 거친 황야의 야생을 방해할까 봐 안심과 평화를 다독이며 움츠리고 있는 것이다.

인생 산책길에 야생화 거울을 걸어 놓고 야생화처럼 하늘거려 보자. 은은히 있는 듯 없는 듯 품어 나오는 야생화 향기에 감춰진 비밀을 들춰 보자. 그 속에 깃든 야생화 전설의 비밀을 야생화 거울에 비춰 보자. 거기에는 그 비밀은 온데간데없고 야생화 전설만 고요히 서려 있다. 안심과 평화를 품은 야생화 전설만…

아, 야생화여! 그대 태곳적 전설의 비밀은 언제나 알 수 있으려나…

무릉도원의 빈자(貧者)와 부자(富者)

무릉도원(武陵桃源)은 동진(東晉) 때의 시인 도연명의 《도화원기(桃花源記)》에 나오는 말로 신선이 살았다는 전설적인 중국의 명승지로서, 곧 속세를 떠난 별천지, 이상향을 뜻한다. 중국 진(晉)나라 때 호남(湖南) 무릉의 한 어부가 배를 저어 복숭아꽃이 아름답게 핀 수원지로 올라가 굴속에서 진(秦)나라의 난리를 피하여 온 사람들을 만났는데, 그들은 하도 살기 좋아 그동안 바깥세상이 변천하고 많은 세월이 지난 줄도 몰랐다고 한다. 무릉도원을 도원경(桃源境)이라고도 한다.

도화원기에 나오는 무릉도원에 관한 이야기를 좀 더 해 보자.

어느 날 한 어부가 고기를 잡기 위해 강을 거슬러 올라갔다. 한참을 가다 보니 물 위로 복숭아 꽃잎이 떠내려 오는데 향기롭기 그지없었다. 향기에 취해 꽃잎을 따라 가다 보니 문득 앞에 커다란 산이 가로막고 있는데, 양쪽으로 복숭아꽃이 만발하였다.

수백 보에 걸치는 거리를 복숭아꽃이 춤추며 나는 가운데 자세히 보니 계곡 밑으로 작은 동굴이 뚫려 있었다. 그 동굴은 어른 한 명이 겨우 들어갈 정도의 크기였는데, 안으로 들어갈수록 조금씩 넓어지더니 별안간 확 트인 밝은 세상이 나타났다.

공유 안심 세상 피스 미러에 비친 잃어버린 자화상

그곳에는 끝없이 너른 땅과 기름진 논밭, 풍요로운 마을과 뽕나무·대나무밭 등 이 세상 어느 곳에서도 볼 수 없는 아름다운 풍경이 펼쳐져 있었다. 두리번거리고 있는 어부에게 그곳 사람들이 다가왔다. 그들은 이 세상 사람들과는 다른 옷을 입고 있었으며, 얼굴에 모두 미소를 띠고 있었다. 어부가 궁금해 어떻게 여기에 살게 되었느냐고 묻자 그들은 "우리는 조상들이 진(秦)나라 때 난리를 피해 식구와 함께 이곳으로 온 이후로 한 번도 이곳을 떠난 적이 없습니다. 지금이 어떤 세상입니까?"라고 하는 데서 어부는 별천지 세상에 온 것을 알았다.

　어부도 그들의 궁금증을 풀어 주고 융숭한 대접을 받으며 며칠간을 머물렀다. 어부가 그곳을 떠나려 할 때 그들은 당부의 말을 하였다. "우리 마을 이야기는 다른 사람에게 하지 말아 주십시오."

　그러나 어부는 너무 신기한 나머지 길목마다 표시를 하고 돌아와서는 즉시 고을 태수에게 사실을 고하였다. 태수는 기이하게 여기고 사람을 시켜 그곳을 찾으려 했으나 표시해 놓은 것이 없어져 찾을 수 없었다. 그 후 유자기라는 고사(高士)가 또 다시 그곳을 찾으려 갖은 애를 썼으나 찾지 못하고 병들어 죽었다. 이후로 사람들은 그곳을 찾으려 하지 않고 무릉도원, 도원경은 이야기로만 전해진다.

　도연명은 이상향으로 무릉도원을 그리며 인간이 찾을 수 없는 곳이라 하고 있다. 서양에서 얘기하는 '유토피아(utopia)'도 '없는 곳'이란 뜻이다. 인간이 그리워하고 있는 무릉도원, 유토피아는 과연 없는 것인가? 있다면 어디에 있는가?

무릉도원은 가난한 어부에게는 보였는데, 진즉 고을 태수가 찾으려 할 때는 보이지 않았다. 왜 그랬을까? '무릉도원'이란 낙원을 탐내는 인간의 탐욕의 허상 때문이 아닐까? 그래서 그 탐욕 앞에는 나타나지 않는 환상의 실체가 아닐까?

무릉도원은 가난하지만 마음이 부자인 사람들이 사는 곳이 아닐까? 그 마음의 부자는 바로 '안심과 평화'를 누리는 마음이 아닐까? 무릉도원에는 빈자와 부자가 없다. 그저 마음이 부자인 사람들만 있는 것이다. 어쩌면 무릉도원에 사는 사람들은 오히려 부자를 꺼려할지도 모른다. 그 부자에는 마음까지 부자인 사람은 별로 없지 않을까 해서…. 그리고 부지런한 무릉도원 사람들보다는 나태해질 수도 있으니까…. 무릉도원의 복숭아꽃을 탐하기만 하고….

'무릉도원'이 주는 메시지는 무엇일까?

"무릉도원은 가난하지만 마음이 부자인 사람들이 사는 곳이다. 그곳은 안심과 평화의 복숭아꽃이 만발한 곳이다. 무릉도원의 부자는 그 복숭아꽃에 마음의 향기를 꽃피우는 그들인 것이다!"

"그놈은 아직도 무릉도원에서 살고 있군!" 그런 환상에 빠진 무릉도원은 더구나 아니다.
안심과 평화의 복숭아꽃이 만발한 무릉도원에는 탐욕과 환상이 깃들 세속적 시·공간은 없다. 오직 '세심(洗心)'의 산책길에 '무한 선(善) 마음 시·공간' 거울이 걸려 있을 따름이다. 마음 부자들이 그들의 자화상을 비추고 있다!

무릉도원처럼 '무한 선(善) 마음 시·공간'의 안심과 평화를 걸어가는 길은 좁다. 그러나 그 끝은 한없이 광활한 선(善) 마음의 무릉도원이 펼쳐져 있다. 그 선(善) 마음에 안심과 평화의 복숭아꽃이 만발해 있는 것이다. 세속(世俗)의 무릉도원은 없다. 단지 청심(淸心)의 무릉도원만 있을 뿐이다. 그게 안심과 평화의 무릉도원이다. 청심이 세속에 나오는 순간 그 안심과 평화의 무릉도원은 사라진다. 없는 무릉도원을 찾아 헤매다가 병들어 죽은 유자기라는 고사(高士)는 선(善) 마음 부자들이 보이지 않는 안심과 평화의 무릉도원은 사악하다는 것을 몰랐을까?

당신의 마음속 무릉도원의 산책길을 안심과 평화의 숲속에서 걸어 보자. 그게 탈속(脫俗) 하여 무릉도원을 찾아가는 길이다. 세속에 무릉도원은 없는 게 아니라 보이지 않는 게 아닐까? 당신의 안심과 평화의 마음속에 숨어 있는 참 무릉도원의 비밀이기 때문에….

무릉도원의 빈자(貧者)와 부자(富者) 이야기는 웬 안심과 평화 마을에 마음 빈자(貧者)와 마음 부자(富者) 이야기로 전해져 내려오고 있다!

정치 히드라(Hydra)의 유토피아(utopia)?

이 세상에서 가장 끈질긴 것은 무엇일까? 끈질긴 그 무슨 물질, 끈질긴 인연, 끈질긴 정? 아니다. 아마도 정치권력이 아닐까? 정치 권력은 끊임없이 지었다 부셨다 하는 이상한 모래성 같은 그 무엇 이다. 그 모래성 안에는 죽는 듯하다가 살아나는 불사조 같은 그 무엇이 들어 있는 것이다. 웬 자가 쌓은 정치권력의 모래성이 무너 져도 또 다른 자가 또 다른 모래성을 쌓는 것이다. 모래성의 불사 조는 그렇게 정치권력을 부르고 또 부르는 것이다. 인간이 존재하 는 한…. 모르긴 해도 인간이 멸망하고 나면 그 어떤 괴물이 나타나 또 그러한 정치권력의 모래성을 쌓고 있지 않을까? 그 어떤 정치 존 재가 존재하는 한 영원히…

정치권력의 모래성과 불사조는 어울리지 않는다. 모래성은 약한 데 불사조는 강하다. 약함과 강함의 결합? 뭔가 그 사이에 술수가 숨어 있는 것 같다. 그게 정치 비밀일까? 정치는 권모술수다. 어떤 때는 강함을, 또 어떤 때는 약함을 나타내는 위장 전술에 능하다.

아니 머리가 여럿 달려 잘라도 또 그 머리가 자라나는 뱀인 그리 스 신화에 나오는 '히드라(Hydra)'와 같다. 그렇게 정치, 정치권력은 끈질기고 추악하다. 초인적인 힘과 불굴의 정신을 지닌 헤라클레스 (Heracles)도 그 히드라와의 싸움에서 힘겨워했다는 것이다. 정치 히드라는 자유, 평등, 정의 등으로 위장한 머리를 치켜 들고 유토피아 사회 건설을 외치는 히드라와 같은 괴물이 아닐까?

그러다 보니 히드라의 신화가 궁금하다.

히드라의 여러 머리 중 마지막 혹은 가운데 머리는 불사의 머리다. 재생되는 머리는 뱀의 머리 모습을, 불사의 머리는 인간의 머리 모습을 하고 있다는 전승(傳承)도 있다. 히드라의 독액뿐만 아니라 뿜어내는 숨결과 피(혹은 쓸개즙)마저도 신조차 두려워하는 맹독이나 다름없다. 필멸자인 인간이 그에 노출되면 순간 고통스러운 최후를 맞이하겠지만 그나마 곧 죽음으로써 고통에서 해방될 수 있다, 그러나 불멸자인 신이 노출되면 죽지도 못하는 채로 영원히 고통에 허덕여야 하기 때문에 이에서 벗어나는 유일한 방법은 신도 불멸을 포기하고 죽음을 선택하는 것뿐이다. 신도 두려워하는 히드라인 것이다.

헤라클레스의 12가지 시련 중 두 번째 시련은 히드라를 쓰러뜨리는 것이었다. 헤라클레스는 히드라의 맹독까지는 어찌어찌해서 피할 수 있었지만 잘라도 다시 자라는 그 머리의 재생 능력이 문제였다. 그는 아예 머리가 자라 나올 구멍을 막기 위해 잘린 부분에 불을 붙여 재생 능력을 막는데 성공했다. 그리고 단 하나 남은 불사의 머리는 거대한 바위로 눌러 봉인해 버렸다. 그 과정에 다른 조력자의 힘을 빌렸을 만큼 히드라의 힘은 상상을 초월할 정도로 강했던 것이다.

왜 하필 히드라를 들고 나와 정치, 정치권력의 불가사의한 비밀을 들춰내려고 하는가? 정치는 모래성을 쌓으면서 그 속에 불사조 정치권력을 숨겨 놓고 있다. 그 모래성이 무너져도 정치권력은 또 다른 탈을 쓰고 살아 움직인다. 그래서 정치는 잘라도 또 자라나고 불사이기도 한 머리의 히드라와 같다는 것이지 않을까?

정치의 권모술수로 인한 위장 자유, 평등, 정의 등을 제거해도 또 자라나는 그들은 히드라의 머리와 같다는 것이다. 그렇게 정치, 정치권력의 끈질기고 추악함은 내놓고 국민들을 기만하기도 하는 것이다. 유토피아를 부르짖으며… 히드라는 너무나도 위험한 괴물이다. 그게 정치 히드라라면 너무나도 위험한 정치 괴물이라고 해야 하지 않을까?

안심 산책길에서 만난 정치 거울 속 정치권력이 평화를 부르짖고 있다는 사색을 하다 문득 그리스 신화 속 히드라가 그 거울에 비치는 것을 보고 깜짝 놀랐다!

그 정치 히드라를 잡는 헤라클레스는 어디에 있는가? 그 헤라클레스는 누구인가? 안심과 평화의 유토피아를 갈구하는 그들 우민(愚民)들이 아닐까? 그 우민들은 정말 어리석은 것일까? 그들이 현명한 헤라클레스라면 어떨까? 우민들의 힘이 뭉쳐 하나가 된 현명한 헤라클레스 말이다. 힘과 지혜의 헤라클레스는 그들이지 않을까?

정치 히드라가 추구하는 유토피아는 모래성이지만 그 속에 불사조는 없다. 그들 헤라클레스가 존재하는 한…. 진정한 자유와 평등과 정의 등은 그 히드라를 잡는 그들의 것이다. 원래도 그들의 것이었다. 그들의 천부인권인 자연권이었다. 사이비 정치 사회계약에 의해 침탈당한 그들의 권리를 회복할 수 있을 때 진정한 자유, 평등, 정의 등을 외치는 정치, 정치권력은 다른 누구도 아닌 그들의 것이다. 진정한 정치 유토피아는 거기에 있다!

아름다운 정치, 향기로운 정치를 하는 정치권력이 보고 싶다. 그러면 히드라를 잡는 시련을 겪는 '현명한 우민(愚民) 헤라클레스'는 굳이 그 시련을 겪지 않아도 되지 않을까? 도리어 그 헤라클레스가 그 힘과 지혜를 그 정치와 정치권력을 위해 쓰지 않을까? 진정한 권력은 내려놓고 비우는 것이다!

정치 히드라의 유토피아 얘기는 정치 그의 허구의 가상 시나리오가 아닐까? 안심과 평화의 산책길 거울에는 정치가 비치기 마련이다. 정치가 추구하는 궁극적인 이상이 안심과 평화의 유토피아를 찾아가는 길에 놓여 있기 때문에…. 그 거울에 알 수 없는 웬 허구의 유토피아가 비친다?

정치는 비밀 아닌 비밀이다. 그 비밀이 정치의 생명인 양 안심과 평화의 유토피아의 가면을 쓰고 뻔뜩이고 있다.

오늘도 내일도 그 정치 비밀은 계속될 것이다. '미스터리(mistery)의 딜레마(dilemma)'에 빠진 푸틴의 우크라이나 전쟁의 정치 비밀은 언제 끝날 것인가? 푸틴 등 그들 지구촌 스트롱맨(strongman)들의 민주주의 파괴 독재는 정치 비밀 속에 영원히 묻히고 말 것인가?

한때 일본 후쿠시마 원전 방사능 오염수 방류 문제로 전 세계가 시끄러웠다. 특히, 그 최인접국 한국은 호떡집에 불난 듯 정치 히드라 쇼로 요란스럽기 짝이 없었다. 신성한 과학을 오염될 대로 오염된 정치 논리로 덧씌워 서로 이전투구(泥田鬪狗)를 벌였다. 정치 히드라는 하늘과 땅은 물론이고 바다에서도 그 위용을 뽐내고 있다. 무소불위의 정치 히드라의 정치권력이 내뿜는 독액이 방사능 오염 논리에까지 요동치다니? 그 정치 히드라 괴물은 누구를 위하여 독액의 유토피아를 울리고 있는 걸까?

권력·명예·돈 등을 탐하는 썩을 대로 썩은 추악한 영혼의 악기(惡氣)를 품은 현대판 웬 히드라의 전설을 읊조리며 웬 사이비 정치 헤라클레스가 또 다시 정치 히드라의 유토피아를 부르짖고 있다? 누구를 위하여?

헤밍웨이(Ernest Hemingway)의 소설 '누구를 위하여 종은 울리나(For Whom the Bell Tolls)'가 웬 영화로 아련히 다가와 신화 속 헤라클레스는 히드라를 제압할 수 있었지만 그 끝없는 정치 히드라의 유토피아 신화는 누가 제압할 것인가에 대한 거대 담론을 던지고 있다. 공동선(共同善)의 유토피아를 위한 진정한 희생, 그를 위하여 울리는 장엄한 종소리의 선명한 담론을… 정치 히드라, 그는 누구를 위하여 종을 울리나?

공유 안심 세상 피스 미러에 비친 잃어버린 자화상

정치 히드라의 유토피아 전설은 유토피아(utopia)를 삼켜 신화 속 전설의 히드라 괴물의 디스토피아(dystopia)를 내뱉는 막장 인형극 드라마? 정치 히드라 바보 X맨 판타지?

그들 정치 히드라를 다스릴 이 시대의 진정한 헤라클레스는 누구인가? 안심과 평화의 헤라클레스? 그의 유토피아가 진정한 유토피아가 아닐까?

진정한 사회? 진정한 연대(連帶)?

'사회'란 무엇일까? 인간 세상? 인간이 모여 사는 곳? 인간이 존재하지 않으면 사회도 존재하지 않는다. 결국 사회란 인간 사회인 것이다. 그런데 그 인간 사회가 진정한 사회인가? 진정한 사회가 되려면 진정한 연대가 형성되어야 하지 않을까? 사이비 연대로는 진정한 사회는 성립되지 않는 것이 아닐까? 형식적 연대와 실질적 연대란?

원래 인간 사회는 이합집산(離合集散)의 헤쳐 모여 하는 것인데 그 이합집산이 너무 경박스러워 보인다. 진정한 연대가 없는 사상누각의 사회 연대가 구름 이합집산의 형태로 나타났다가 사라지곤 하는 것이 아닐까? 그래서 사회 신뢰가 갈수록 약화되어 가는 것이 아닐까? 그 속에 인간의 오만은 갈수록 커져만 가는 것이 아닐까? 진정한 연대란 무엇일까?

'연대=공감+공유+공동체'의 공식으로 정의할 수 있지 않을까? 여기의 공감은 정서적으로 공감하는 것, 공유는 이상과 가치 등을 공유하는 것, 공동체는 개체의 인격(개성)을 유지하면서 명실상부한 융·복합의 공동체를 지향하는 것이 아닐까? 선거철만 되면 정치판에 부는 신당 창당, 빅 텐트 바람을 본다. 공동체 슈퍼 빅 텐트 바람은 안 부는 것일까? 공동체 슈퍼 빅 텐트 속에서 자기의 재능 기부를 통해 이상과 가치관 등을 실현해 가면서 공동체의 이상과 가치관 등도 실

공유 안심 세상 피스 미러에 비친 잃어버린 자화상

현해 나갈 수는 없을까? 이때 '공동체 실현=개성(다양성)+창조성+평균화+표준화'의 공식을 따르게 되지 않을까? 이에서 사회 규범이 도출될 수 있지 않을까? 위의 연대 공식에 진정한 사회, 진정한 연대에 대한 비밀이 숨어 있다. 그게 뭘까?

사회 연대가 무너지고 있다? 사회가 무너지고 있다? 탐욕적 이기주의와 기회주의가 판치고 있다. 어쩔 수 없이 치열한 경쟁에서 살아남기 위한 필연적인 결과라고? 우리는 알게 모르게 그렇게 치부하면서 사회 연대의 붕괴를 당연한 것으로 바라보고 있다. 그 연대의 붕괴를 자신의 경쟁에서의 승리를 위한 처세술의 마술로 치부하면서… 소위 '처세의 달인'이 성공을 위한 팔색조(八色鳥) 사이비 연대 기술을 최종의 마술적 무기인 것처럼 확신하듯이… 특히, 국내외를 막론하고 정치 영역에서 그 현상은 두드러지고 있어 동서고금을 막론하고 일관된 역사적 현상이다. 그 정치 영역에서 연대의 환상과 허구는 처음부터 약속된 프레임(frame)일 뿐이다. 가장 '프레임의 법칙'이 정확히 들어맞는 지점이기도 하다. 권력과 이해관계가 첨예하게 얽히고설킨 정치가 사회 연대를 무너뜨리는 주범인 것이다. 그래서 앞에서 '정치 히드라(Hydra)의 유토피아?'를 설파한 의미를 다시 한 번 되뇌어 보게 되는 것이다.

진정한 연대가 무너짐은 진정한 사회가 무너지는 일이다! 이는 사이비 연대가 진정한 연대를 위장해 가면을 쓰고 활개 치는 데서 비롯되는 것이 아닐까? 사이비 연대가 판치는 사회에서 진정한 연대는 서글픈 군상(群像)들의 이합집산 취급을 받는 것이 아닐까? 그럼에도 진정한 연대에 대한 미련을 갖고 어차피 무너질 사이비 연대라고 방관해도 되는 것일까? 사이비 연대가 일상화된다고 해도? 그래서는 안 되지 않을까? 사이비 연대의 전형적인 사회 훼손의 대표적인 예로 이른바 '권력 카르텔', '이권 카르텔' 등 '공생 카르텔'의 '카르피아'(카르텔+마피아, 저자 명명)가 그 실체를 숨긴 채 끈끈한 연대를 과시하고 있는 것을 들 수 있다. 그 카르텔들을 탓하는 '정치 패거리 카르텔'은 또 어떻고?

사이비 연대의 비밀 속에 진정한 사회의 비밀이 숨어 있다. 진정한 사회는 사이비 연대의 비밀은 알고 진정한 연대의 실체를 아는 데서 비롯된다는 것이다. 진정한 연대의 실체는 연대 공식인 '연대=공감+공유+공동체'에서 진정한 정서적 공감, 진정한 이상과 가치관 등의 공유, 진정한 융·복합의 공동체가 형성될 수 있는 데서 찾아볼 수 있다. 진정한 연대의 실체를 전제로 진정한 사회는 이루어질 수 있는 것이다. 그게 바로 아리스토텔레스가 말하는 '인간은 사회적 동물이다'(실제로는 정치적 동물이라고 했다 함)라는 철학적 의미에 부합하는 것이 아닐까?

'사회'라는 비밀의 섬에는 이렇게 '연대'라는 비밀이 숨겨져 있다. 그 연대의 비밀을 알 때 '진정한 사회'가 우리에게 다가올 수 있을 것이다. 그 연대의 비밀을 안다는 것은 '진정한 연대'의 비밀을 안다는 것이다. 그 연대가 결코 사이비 연대의 '슬픈 연대'가 되어서는 안 된다. 그 슬픈 연대는 사회 붕괴를 부르고 사회 붕괴는 곧 위험을 부르게 된다. 위험사회는 사회 붕괴의 슬픈 연대에도 그 근원을 두고 있

공유 안심 세상 피스 미러에 비친 잃어버린 자화상

음을 깨달아야 한다. 지금 그 슬픈 연대가 전방위적으로 확산되고 있다. 각종 일반 재난, 테러, 전쟁, 범죄, 기후변화, AI 기술의 인간 지배, 민주 독재… 등 그 슬픈 연대는 인류 멸망의 시나리오를 재촉하고 있다.

안심과 평화의 '공유 안심 세상'의 영어 표현인 'Ubuntu & Peace World'의 'Ubuntu'가 바로 그 '진정한 연대'에 해당한다. 여기의 'Ubuntu'는 남아프리카공화국의 인사말로 'I am because you are.'란 뜻을 가진 정말 아름답고 향기로운 멋진 말인 것이다. 'Ubuntu=공감+공유+공동체'이기 때문이다! 진정한 사회는 다름 아닌 이 'Ubuntu'의 진정한 연대이지 않을까?

이 공유 안심 세상의 이상을 실현하기 위해, 진정한 사회 실현을 위한 진정한 연대의 비밀을 읽는 진정한 사회적 동물이기를 거부하고 '사이비 사회 연대'라는 고독한 섬의 '슬픈 연대'의 감옥에 스스로를 가두고 오만하게 설치고 있는 인간 군상들을 해방시켜 주어야 하지 않을까? 그들에게 '진정한 연대 공식'의 비밀을 읊어 주며 '진정한 사회 연대'의 '진정한 사회'에서 공유 안심 세상의 자유를 구가할 수 있도록 해야 하지 않을까? 그리고 좀 더 겸손하게 고대 철학자들과 함께 '진정한 사회? 진정한 연대?'의 논제를 사색할 수 있도록 해야 하지 않을까?

진정한 사회=진정한 연대 공식이 무너진 사회는 위험사회 외 다른 것이 아니다. 나의 안심과 평화는 내가 속한 '진정한 사회'에서 비롯되고, 그 진정한 사회는 또 '진정한 연대'에서 비롯됨을 알고 우리 모두 공유 안심 세상의 철학적 사색을 함께하는 지혜를 배워야 하지 않을까?

더 이상 신이 창조한 인간 사회의 범주를 이탈해 '신을 넘보는 인간의 오만'에 이르지 않도록….

공유 안심 세상 피스 미러에 비친 잃어버린 자화상

신을 넘보는 인간의 오만

인간은 어떻게 생겨났을까? 그리고 만물은 어떻게 생겨났을까? 우주의 기원, 생명의 기원, 인간의 기원을 뭐라고 설명할 수 있을까?

그냥 생겨났다? 그게 답은 아니지 않을까? 분명히 그 기원의 존재가 있지 않을까? 그는 무엇일까? 알 수가 없는 그 무엇? 그래서 비밀?

그 비밀스러운 그 무엇을 '신(神)'이라고 하면 어떨까? 굳이 신이라 하지 않고 다른 그 무엇이라고 해도 좋다. 만물의 창조의 근원을 지칭하는 것이라면…. 신의 존재를 가정할 때 그 실체는 무엇일까?

근원이 없는 존재가 있을 수 있을까? 이 의문에서 신의 존재의 권위는 출발하는 것이 아닐까? 이는 유신론, 무신론 논쟁과는 별개 문제다. 당신의 존재의 근원, 나의 존재의 근원의 문제다. 어쨌든 신이든, 그 무엇이든 당신과 나를 창조한 그 무엇이 있는 것이다. 그게 부모라고? 그렇다면 그 부모의 영혼의 신이 바로 나에게 생명의 영혼을 준 신일 수 있다.

유·무신론의 신 존재론 차원을 떠나 만물 존재론의 차원에서 존재에 생명의 영혼을 불어 넣는 자가 신인 것이다. 그 신은 만물의 배후에 있는 무한한 생명과 힘의 영혼이라고 할 수 있다. 신은 바위 등 무생물에도 생명의 영혼을 불어 넣는 만물의 존재의 존재인 것이다. 무생물도 생물체는 아니지만 생명체란 역설? 만물 배후의 그 거대한 힘은 이성이나 과학으로 증명하기 어렵다. 그저 오랫동안 체험을 통해 조금씩 깨달아 갈 뿐이다. 이는 내 영혼 안에 신이 존재한다고 깨닫는 것이고 이에서 "신은 존재한다."라고 말할 수 있다.

이제 당신과 나의 존재의 근원을 찾을 수 있지 않을까?

그들 인간 안에 신과 우주가 들어 있다. 그런데 그 신을 닮고 싶지 않아 하고, 심지어 그를 그들에게서 들어내려고 하고 있다. 그 신 때문에 하고 싶은 것을 마음대로 할 수 없다고…. 너무나 오만방자하지 않은가?

그 오만이 자기가 만물의 창조주인 양 새로운 존재를 무한 생산하고 있다. AI란 희대의 기계 신(神) 괴물까지…. 자연의 존재가 아닌 그만의 인공 영혼을 불어 넣은 그만의 존재를…. 신을 넘보는 인간을 넘보는 AI 신(神) 등의 오만이 인간 파멸을 부르지 않을까?

배신의 대가는 파멸이다! 지금이라도 신이 창조한 우주 만물의 질서(신 창조 무질서도 질서)에 순응해서 신이 준 영혼의 거울에 자신을 비춰 보며 그 신이 준 생명의 영혼을 비춰 봐야 하지 않을까?

신은 인간에게 안심과 평화의 생명의 영혼을 주었다. 하지만 그

공유 안심 세상 피스 미러에 비친 잃어버린 자화상

를 거추장스럽다고 내팽개치고 있다. 신이 준 영혼의 거울 대신에 신을 넘보는 인간 자화상의 위험 거울을 달려고 하고 있다. 그 영혼의 거울이 없어질까? 신은 영원불멸의 존재임을 망각한 망상이 아닐까?

다시금 당신의 인생 산책길에 안심과 평화의 생명의 영혼을 들춰보자. 신의 존재가 당신의 존재 속에 들어 있을 것이다.

신을 닮아 무한한 신의 능력을 갖고 싶은 인간의 욕망이 인간이 신에 더 가까이 다가가게 할 수는 있을 것이다. 아무나? 그렇지는 않다. 신에 더 가까이 갈 수 있는 사람 그는 누구일까? 신의 소리, 영혼의 소리를 듣고 신의 섭리, 자연의 섭리를 따르며 신의 생명의 영혼을 느끼는 영혼이 맑은 사람? 영혼이 자유로운 사람? 그러나 결코 신을 초월할 수는 없지 않을까?

인간의 파멸을 부르는, 신을 넘보는 인간의 오만을 신이 꾸짖고 있다! 내 안의 신이…

신의 섭리, 자연의 섭리 앞에 겸손하고 또 겸손할 때 비로소 인생 산책길 '안심과 평화의 거울(Peace Mirror)'에 당신의 자화상이 비칠 것이다. 신을 넘보는 잃어버린 자화상이…

그 회한의 자화상은 신을 넘보는 인간의 오만을 나무라기보다 "신이 창조한 만물의 생명과 그 영혼을 사랑하고 존중하라! 그 앞에 겸손하고 또 겸손하라!"고 하면서 나를 향해 '염화시중(拈花示衆)의 미소'를 짓고 있다. 신의 소리, 영혼의 소리가 울려 퍼진다!

공유 안심 세상 피스 미러에 비친 잃어버린 자화상

아마겟돈(Armageddon)?

아마겟돈은 세계 종말에 있을 마지막 전쟁의 장소란 뜻이다. 이는 원래 '므깃도의 산'을 의미하는 히브리어의 그리스 음역이다. 신약성서의 '요한계시록'에서 므깃도의 산은 하나님과 사탄의 마지막 전쟁의 장소로 묘사되어 있다. 이에서 아마겟돈은 인류 최후의 대전쟁(터)로 종종 인용되고 있는 개념이다.

인류 최후의 대전쟁은 있을 것인가? 있다면 언제 어떤 형태로 벌어질 것인가?

요한계시록에서처럼 하나님과 사탄의 마지막 전쟁이라면 하나님이 승리하지 않을까? 여기의 사탄은 과연 누구일까? 기독교 신앙에서 예정하는 사탄은 하나님의 섭리를 해치는 자를 말하는 것이 아닐까? 또 하나님의 섭리는 바로 신의 섭리, 자연의 섭리를 말하는 것이 아닐까? 그렇다면 현실에서의 아마겟돈은 자연과 인간의 전쟁, 인간과 인간의 전쟁이 될 수 있지 않을까?

지구 곳곳의 자연의 징벌적 대재앙 초래의 기후변화 전쟁, 각종 일반 초대형 재난, 무차별 대량 살상 테러·전쟁, 생명 천시 보편성 범죄, 생존을 위한 필사 이민, 천형의 기아와 질병 등으로 인한 무자비한 인명 손실은 물론 막무가내식 극한 정치 투쟁, 살육적 인권 말살,

게다가 미래 인류 대재앙의 핵전쟁, 초첨단 인류 문명 자멸의 사이버·AI 대전 등 인류 최후를 예고하는 듯한 징조들은 끊임없이 나타나고 있다.

아마겟돈은 아마도 신을 넘보는 인간의 오만, 신을 저버린 인간의 원죄에서 비롯되는 것이 아닐까?

그 아마겟돈은 언젠가는 실현되지 않을까? 그때는 이미 늦다. 그런데 이를 모르는 인간이 안타깝다. 아니 아니까 그 전에 인간이기를 포기한 동물적 탐욕의 광란 파티를 즐기려고 하는 걸까?

인간의 자연 농락, 인간 농락이 아마겟돈을 농락하는 게임으로 전개된 지 이미 오래지 않을까? 기후변화의 자연 농락, 푸틴의 핵 위협의 우크라이나 전쟁, 이스라엘과 하마스 간 인간 포기 가자 전쟁 등 피비린내 나는 대학살의 인간 농락⋯ 아마겟돈은 점차 그 최후의 전략과 전술로 가까이 다가오고 있는 것이 아닐까?

신의 섭리, 자연의 섭리는 안심과 평화의 질서 계시이다! 이 계시를 무시하는 데서 요한계시록의 아마겟돈은 시작된다. 그리고 그 아마겟돈은 인간, 나에서 시작된다. 그 계시를 무시한 인간, 나의 '자아 상실 무시의 착시'에서⋯

아마겟돈 최후 승리의 전략과 전술은 인간, 나의 안심과 평화다!

성선설과 성악설

인간은 원래 선한가? 악한가? 이는 난제 중의 난제다. 맹자의 성선설과 순자의 성악설 논쟁은 현재에도 계속되고 있지만 그에 대한 답은 허공의 메아리다. 답이 없다! 그래서 이 논제는 비밀로 남겨져 있다.

절대적 논리로 논의해서는 앞으로도 답이 없을 것이다. 단지 상대적 논리로 바라볼 때만이 부분적인 답을 구할 수 있을 것이다. 그 상대적 논리 중 하나가 인간이 안심과 평화를 추구할 때는 성선설이, 반대로 위험과 전쟁을 추구할 때는 성악설이라고 하면 어떨까? 안심과 평화도 그 나름이고, 위험과 전쟁도 그 나름이라고? 그것도 더 본질적으로 파고 들면 그럴 수도 있겠네. 상대적 논리로도 그 부분적인 답을 구할 수 없는 것이 아닐까?

결국 성선설과 성악설 논쟁은 끝없이 전개되는 순환 논법의 한계를 벗어날 수 없는 것인가?

석가모니와 예수는 그야말로 성선설의 표상일까? 그 외의 성자는? 인생의 사악한 구렁텅이에 빠져 방황하다 종교에 귀의한 선한 사람은 또 어떨까? 히틀러는 원래 선했는가? 원래 악했는가? 푸틴은 원래 선했는가? 원래 악했는가?

석가모니와 예수 등 성자는 별개를 치더라도 성선설, 성악설은 개개 인간보다 인간 존재의 본성 그 자체를 따지는 문제가 될 것이다. 악에서 빠져 나와 종교에 귀의한 선한 사람 이전의 인간 그 자체, 히틀러 이전의 인간 그 자체, 푸틴 이전의 인간 그 자체의 관점에서 바라봐야 한다는 것이다. 이는 시간을 초월하여 원래의 인간 본성의 관점이 중요함을 말한다. 성선설과 성악설에서는 개인 존재보다는 인간 존재 그 자체를 기준으로 함이 중요하다는 것이다.

'인간은 원래 선했다. 그런데 개인화되면서 악해졌다', '인간은 원래 악했다. 그런데 개인화되면서 선해졌다' 이 두 명제 중 하나가 맞지 않을까? 그렇더라도 문제는 남는다. 어느 게 맞는지 분명하지가 않다. 여기에 성선설과 성악설 논쟁의 진퇴양난의 딜레마(dilemma)가 있다. 외견상 선해 보여도 그 가장 근저에 있는 순수한 실체는 '악'일 수도 있고, 외견상 악해 보여도 그 가장 근저에 있는 순수한 실체는 '선'일 수도 있다.

이 난제를 해독(解讀)할 수 있는 유일한 진실은 무엇일까? '신의 섭리', '자연의 섭리'가 그 진실이 아닐까? 인간이 신의 섭리, 자연의 섭리를 따르면 성선설에 의한 인간상도, 성악설에 의한 인간상도 모두 맞다고 볼 수 있지 않을까? 인간은 불완전한 존재이다. 그래서 궁극적으로는 신의 섭리, 자연의 섭리를 따라야 한다. 그 전제하에서 성선설도, 성악설도 모두 맞다고 할 수 있는 것이 아닐까? 불완전한 인간을 해독하는 데 성선설, 성악설보다 신의 섭리, 자연의 섭리가 더 합당하다고 볼 수 있는 것이 아닐까?

공유 안심 세상 피스 미러에 비친 잃어버린 자화상

성선설, 성악설 이전에 신의 섭리, 자연의 섭리를 따르는 인간상이냐, 그렇지 않느냐를 먼저 따져야 한다. 성선설과 성악설 논쟁의 답을 이에서 구해야 하지 않을까?

신의 섭리, 자연의 섭리는 안심과 평화의 질서 계시(啓示)이다! 부질없는 성선설, 성악설 논쟁보다 그 메시지를 읽고 그의 태생적 원죄를 참회하는 인간상을 비춰 봐야 하지 않을까?

당신의 안심과 평화의 인생 산책길에 놓인 인간상을 읽으며 자화상을 들춰 보자. 그 속에 성선설과 성악설 논쟁의 비밀이 숨겨져 있다.

성선설도 성악설도 아닌 그 무엇?

그건 자연 시·공간 위와 아래에 인간을 창조한 신의 비밀?

인간 시·공간 위와 아래에 성선설과 성악설 모두가 있다. 신의 섭리, 자연의 섭리의 거울이 있다!

고차 방정식

수학에서는 3차 이상의 방정식을 고차 방정식이라고 말한다. 그런데 3차, 4차 방정식까지는 2차 방정식 근(根)을 구하는 방식으로 해결할 수 있는데 5차 이상은 그렇게 되지 않는 형태도 있다는 것이다. 그래서 고차 방정식인가?

여기서는 그런 수학적 고차 방정식을 논하고자 하는 것이 아니다. 인간 세상의 복잡하고 풀기 어려운 문제를 빗대어 이르는 것이다. 인간 세상에는 풀기 어려운 고차 방정식이 너무나 많이 수없이 있을 수 있다. 그 대표적인 것이 양자역학의 세계다. 과학자들은 양자역학을 난해한 고차 방정식으로 보고 있다. 그중 극히 일부를 풀었다고 하지만 과연 그게 제대로 푼 것인지에 대해서는 과학자들 사이에도 의문이 제기되고 있다. 또 한 가지 '인간 방정식'을 들 수 있다. '인간'이라는 존재는 어쩌면 양자역학보다 더 어려운 고차 방정식인지도 모른다. 당신은 당신의 존재에 대해서 잘 알고 있는가? 나는 솔직히 나의 존재에 대해서 잘 모른다. 참 아이러니한 고차 방정식이 바로 '인간 존재'가 아닐까?

수학 고차 방정식은 형식화된 프레임(frame)이다. 그를 푸는 방식이 정형화될 수밖에 없다. 그게 수학 논리이니까. 그렇다면 인간 방정식도 그럴까? 인간 방정식은 그 차원을 한정할 수 없는 무한 고차 방정식일 수 있다. 그에는 수학 고차 방정식처럼 일정한 형식화된 프레임이 없다. 그런 만큼 그 어떤 정형화된 해법을 찾기 어렵다. 아니 그 해법이 없을 수도 있다. 그러나 찾아봐야 하지 않을까?

　자기 나름의 인간 방정식 해법 프레임을 설정하면 어떨까? 사람마다 다른 자기만의 방식을 찾아 인간 '자기'의 고차 방정식을 풀어 보는 것이 그 한 해법이 될 수 있지 않을까? 그래도 안 되면 인간에게는 신이 주신 '망각'과 그 망각을 이끄는 '시간'이라는 마법·마술의 선물의 해법이 있다. 지금 당장 안 풀리는 자기 존재의 실체가 시간이 지나면 그 마법·마술에 의해 서서히 그 모습을 드러내게 될 것이다. 그리고 그 존재를 둘러싼 해결 난망한 난제들도 그 '시간'의 마법을 타고 내리는 '망각'이라는 마술에 의해 그 위력을 잃게 될 것이다. 그러면 아무리 어려운 인간 방정식의 고차 방정식도 그 시간의 마법과 망각의 마술로 풀릴 수 있는 것이다.

　인간은 자기를 자기 감옥에 가둔다. 그래서 스스로 인간 고차 방정식을 만드는 것이다. 자기를 가둔 감옥은 남이 구해 줄 수가 없다. 자기만의 해법 프레임의 열쇠로 그 감옥 문을 열 수 있다. 그래도 안 되면 그건 신의 영역이다. 시간과 망각의 신의 영역…

　자, 그러면 인간 방정식의 고차 방정식은 그렇다 치고 양자역학 세계의 고차 방정식은 어떻게 풀까? 이는 '단순화'에 그 해답이 있다. 양자역학은 확률론의 세계다. 확률은 무한하다. 또 불확정하다. 그러므로 복잡하다. 따라서 양자역학의 고차 방정식은 '복잡화의 단순화'에 그 해법의 단초가 있지 않을까? 이는 인간 방정식의 고차 방정식에도 적용되는 것이 아닐까?

우리는 숙명적인 인간 방정식의 고차 방정식의 비밀을 해독(解讀)할 수 있어야 한다. 그 비밀을 찾기 위해 인생 산책길을 걷고도 걷는 것이다. 그냥 걸어서는 안 된다. 그래서는 그 길에 놓인 수많은 다양한 고차 방정식을 풀 수가 없다. 자신의 거울에 자아의 허상을 비춰 보고 그 속에 감춰진 실상을 찾아야 한다. 그러다 보면 시간과 망각의 신이 당신에게 다가올 것이다. 그냥 시간과 망각의 신이 다가오기를 기다리기만 해서는 안 된다. 그전에 그 고차 방정식이란 난해한 괴물의 위험에 빠져 헤어나지 못할 수도 있다.

결국 인생의 고차 방정식은 다름 아닌 '위험'의 고차 방정식임을 알아야 한다. 그 속에 위험의 비밀이 숨겨져 있다는 것이다. 인간 방정식의 고차 방정식의 궁극적인 해법은 그 위험의 비밀을 푸는 것이다.

인생은 위험의 고차 방정식, 그것도 초고차 방정식이다. 그 방정식의 해답은 안심과 평화의 산책길에 놓여 있는 것이 아닐까? 그 길에는 '자기 프레임', '복잡함의 단순화', '시간과 망각'이라는 비밀 속 해법이 놓여 있지 않을까?

"이것 또한 지나가리라!"가 아니라 "이것 또한 고차 방정식이네!" 하고 자기 길을 묵묵히 가다 보면 그 비밀의 해법이 보이지 않을까?

공유 안심 세상 피스 미러에 비친 잃어버린 자화상

인생은 당신이 만든 고차 방정식이다. 그 방정식을 푸는 것도 당신의 몫이다. 신의 몫이 아니다. 신은 단지 그의 시간과 망각의 거울을 당신의 인생 산책길에 걸어 두고 있을 따름이다. 그 길은 안심과 평화의 산책길에만 열려 있다. 안심과 평화의 산책길에서만이 신의 그 거울에 당신의 시간과 망각의 실상이 보일 수 있을 것이다. 조급하게 서둘지 말고 그 시간과 망각의 허상을 경계하며 묵묵히 그 산책길을 걸어라. 그리고 잘 보이지 않더라도 포기하지 말고 자기 프레임과 복잡함의 단순화 해법을 계속 읽어라. 그러면 그 난해하고도 난해한 초고차 방정식이 쉽고도 쉬운 1차 방정식으로 보일 것이다. 시간과 망각은 그 다음이다!

인생의 위험의 고차 방정식이 바로 '인생'이다!

위험의 고차 방정식을 위험의 초고차 방정식으로 하여 치열하게 안심과 평화의 거울인 '피스 미러(Peace Mirror)'에 비춰라. 거기에 그 방정식의 해답이 있다. 인간 방정식의 고차 방정식이 양자역학의 '프레임의 법칙'의 위험을 부른다?

인간 방정식은 양자역학보다 더 어려운 고차 방정식이다!

생명 비밀의 역설

'무(無)'에서 '유(有)'가 생성돼 다시 '무(無)'로 가는 것이 자연의 이치이고, 생명도 그에 따른다.

생명의 본연의 모습은 '일'과 '삶'이 아니라 '잠'과 '죽음'이다? 그런데 인간은 '잠'보다 '일'을 우선으로 하는 전도된 삶을 살고 생명에 집착한다. 소위 '문명'이라는 미명하에…. 문명을 이루고 그 문명을 유지하기 위해 잠보다는 일 위주의 삶 패턴의 변화 고착이 이루어진 것이 아닐까? 즉, 생명의 본연의 모습이 '잠'에서 '일'로 바뀐 것이다. 생명의 본연의 모습이 '잠'임을 알고 기회 되는 대로 잠을 많이 자는 습관을 길러라!

나도 기회 되는 대로 잠을 많이 자려고 노력하는 편이다. 그렇게 하다 보면 생체 시계가 그렇게 변화되는 것 같다. 낮잠을 자도 밤잠은 또 밤잠대로 잘 자게 된다. 그리고 잠을 자고 나면 머리가 맑아지고 새로운 활력이 생겨 더 많은 일을 효율적으로 할 수 있게 된다. 실제로 하루 중 별일 없이 빈둥빈둥하는 시간이 의외로 많다. 그 시간에 잠을 자면 어떨까?

이렇게 생명의 본연의 모습인 잠을 도외시하고 문명에 너무 매몰되어 '잠'의 생명의 본연의 모습을 망각한 데서 인간의 자아 상실이 시작되는 것이 아닐까? 그래서 안심과 평화의 안락한 삶보다는 투쟁적 위험의 삶을 자초하고 있는 것은 아닐까? 심지어 '불면증'이라는 어처구니없는 중병에 시달리기도 하고…. 그러고 보니 인간의 자연 노화가 아닌 인공 노화도 거기서 비롯되는 것이 아닐까?

궤변이라고? 원시 시대의 인간의 삶에서 그 생명의 모습을 생각해 봐라! 그들 원시인들은 필요할 때만 먹을 것을 구하기 위해 식물 채집이나 사냥 등을 하고 그냥 안락하게 동굴 등에서 휴식을 취하고 있지 않았을까? 그 휴식이 다른 놀이 수단이 별로 없는 당시에는 주로 '잠'이었지 않았을까? '원시'와 '문명'의 '잠'의 역사를 한 번쯤 재조명해 봐야 하지 않을까? 시대가 바뀌면 인간의 삶의 패턴이 바뀌기 마련이라고? 물론 맞는 말이다. 하지만 생명의 본연의 모습은 달라지는 것이 아니지 않을까? 신이 생명을 창조할 때 그 생명의 원초적 모습이 어떠했는지를 한 번쯤 철학적으로 고민해 보는 것이 어떨까? 생명의 본연의 모습으로서 '잠'의 재발견을 할 수 있지 않을까? 신생아의 잠은 그 생명의 원초적 모습일 수도 있지 않을까? 잠 예찬론자라고? 잠을 많이 자면 오히려 해롭다고? 그래도 좋다. 그러한 생명의 본연의 모습으로서 '잠'의 철학적 의미는 어디 그뿐일까?

인간의 생명의 잠은 사실상 죽어 있는 일시적 잠이라고도 할 수 있지 않을까? 어쩌면 인간은 영원한 잠인 죽음으로 가기 위한 연습을 일상의 잠을 통해 하고 있는지도 모른다. 잠이 아니더라도 순간순간의 위험 등을 통해서도…. 결국 그 같은 잠 등은 생명의 삶과 죽음을 예고하는 반증? 그렇다면 삶과 죽음은 그 경계가 없고 삶이 곧 죽음이라는 '삶=죽음'의 매우 철학적인 논제에 이르게 된다. 군이 그 경계를 말하자면 '찰나(刹那)'라고 할 수 있다. 여기에 삶과 죽음을 초월하는 생명 비밀의 역설이 있다? '오늘 지금 이 순간만이 영원한 생명의 삶이다'라는 역설 아닌 역설….

이제 생명의 본연의 모습으로 '삶에는 순간의 생명만 존재할 뿐이다'라는 명제를 들 수 있지 않을까? 또 무슨 궤변이냐고 할지 모르지만 너무나도 현실적인 명제인 것이다. 그게 생명의 실체이다. 삶은 순간의 생명이다! 그 순간 이후의 생명은 불확실하다. 확실한 것은 영원한 죽음을 향해 간다는 것이다. 이는 무엇을 의미할까? 삶은 순간적 생명을 향해 가는 것이 아니라 영원한 죽음을 향해 간다는 것이 아닐까?

생명 비밀의 역설은 이렇게 생명의 본연의 모습으로서 삶과 죽음의 비밀의 역설이라고 할 수 있다. 인간이 영원히 살 것처럼 문명의 편익에 매몰됨으로써 신의 섭리, 자연의 섭리의 안심과 평화의 삶보다 오만방자한 위험의 삶으로 죽음을 부르는 '인간 존재론적 태생적 위험사회'의 숙명론의 진실? 모든 위험의 근원에는 '인간'과 '정치'가 있을 수 있지만 그보다 더 상위의 근원에는 바로 그러한 '생명 비밀의 역설'이 자리하고 있음을 말하는 그 진실? '왜 위험사회인가?'에 대한 근원적 '?'의 진실?

그렇다면 생명 비밀의 역설에는 그처럼의 삶과 죽음의 비밀의 역설, 그에서 나오는 숙명론적 위험사회와 같은 논리만 있는 걸까?

대반전의 생명 비밀의 역설이 숨어 있다!

생명은 분명히 위험한 것이지만 그만큼 한없이 소중한 것이기도 하다. 신이 준 생명의 영혼이 깃들어 있기 때문이다. 신은 인간에게 생명 위험의 원죄와 함께 삶과 죽음을 초월하는 생명의 영혼을 주었다. 그 생명의 영혼에는 안심과 평화의 거울이 걸려 있다. 그에 비친 생명의 영혼은 삶과 죽음을 초월하는 영원한 그 무엇이지도 모른다.

거기에 진정한 생명 비밀의 역설이 들어 있지 않을까? 삶과 죽음을 초월하는 안심과 평화의 생명 비밀의 역설….

빙하 시간 속 비밀 속
인간 비밀의 섬의 비밀

빙하가 품고 있는 비밀은 언제부터일까? 그 속에는 어떤 비밀이 감춰져 있을까? 빙하는 무엇 때문에 비밀을 감추고 있을까?

우리의 시간은 흘러가면 사라져 없어지지만 빙하 시간은 없어지지 않는다. 그 속에 지구의 생명의 비밀이 숨겨져 있기 때문이다. 그 시간이 언제부터 시작되었는지는 중요하지 않다. 그 속에 감춰진 비밀이 무엇인지도 중요하지 않다. 단지 빙하 시간이 사라지지 않고 살아 있다는 것과 그가 간직하고 있는 비밀의 비밀이 중요하다.

빙하 시간은 자연 시간이다. 지구 시간이다. 나아가 우주 시간이다. 인간 시간은 지나갔지만 그 빙하 시간은 빙하 속에 살아 있다. 그러고 보면 빙하는 시간의 원천이다. 그 속에 온갖 생명의 기록이 살아 있고 지구 역사의 기록이 살아 있다. 그게 자연의 섭리이다.

그런데 그 빙하 위를 방황하는 북극곰이 포효하며 슬퍼하고 있다. 빙하 시간의 눈물에⋯ 그 시간이 빙하의 눈물로 흘러내리고 있는 것이다. 빙하 시간이 눈물 지으면 그 속에 숨겨진 비밀도 눈물 지을 것이다. 나는 안다. 그 비밀이 또 다른 비밀을 만들고 있음을⋯

공유 안심 세상 피스 미러에 비친 잃어버린 자화상

인류의 멸망 시나리오의 비밀을….

빙하의 눈물이 몰디브(Maldives)의 아름다운 파도 소리에 밀려오고 있다. 새끼 상어 떼들이 그 눈물을 머금고 귀를 쫑긋하고 있다. 북극곰의 슬픈 포효가 슬픈 열대를 때린다!

빙하 시간은 누구를 위한 것인가? 그가 답해야 한다!

누가 빙하 속 안심과 평화 시간을 깨뜨리고 있는가? 그가 답해야 한다!

빙하 시간에 숨겨진 비밀은 인간 비밀의 섬의 비밀이지 않을까? 포효하는 북극곰이 그 비밀의 섬의 비밀을 모르는 인간을 나무라고 서 있다. 한없이 하아얀 눈물을 흘리며…. 그 눈물이 빙하 시간의 전설을 읊으며 그 시간의 눈물로 빙하의 눈물을 허공에 흩뿌리고 있다! 인간 비밀의 섬에 웬 전설이 태고의 원시(原始)를 그리며 생명의 비밀을 저울질하고 있다!

삶과 죽음의 생명의 비밀을….

연작시 '비밀'

비밀 1

비밀이 비밀을 낳고
그 비밀이 거짓을 낳는다
우리가 아는 게 얼마나 되는가
0.000…%의 양자역학의 세계
비밀이 진실을 품고 허공을 가로지른다

그 비밀의 섬에는
인간 무지의 좀비들이
비밀을 누더기에 꿰어 차고
비밀의 신음을 머금어 울리며
진실의 형해(形骸)를 허공에 날리고 있다

비밀 2

자연의 비밀도 모자라
인간의 무지가 삼킨 비밀을 머금어
하얀 파도 소리에 토해 내고
비밀을 비밀에 넣어
검푸른 바다 속 깊이 묻어 둔다

태풍으로 배가 침몰하던 날
그 비밀이 밤 바닷가 모래톱에 밀려 와
삶의 흔적을 되뇌며
비밀 속 비밀을 다시 부른다
비밀의 흔적이 아스라이 어두움에 잠긴다

비밀 3

밤바다 허공을 타고 흐르는 비밀이
아침 햇살에 빙하처럼 반짝이며
살며시 비밀을 내밀 때
새벽녘 어부의 그물에 비밀이 담긴다
삶은 비밀을 찾는 방정식이 된다

한낮 강열한 태양의 노여움에
그의 헤밍웨이 비밀이 녹아 내려
다시금 검푸른 바다로 밀려 나갈 때
어부의 그물은 다시금 활기를 띤다
비밀은 비밀을 찾는 방정식이 된다

문원경 다면체 인간 65X48Cm Acrylic 2015

공유 안심 세상 피스 미러에 비친 잃어버린 자화상

다면체 인간

신이 창조한 인간

인간이 창조한 인간

가식의 가면을 흩뜨리고

나뒹구는 허상들

내면에 춤추는 외면

다면체 인간의 허구

진실, 정의, 거짓, 탐욕…

끝없는 충돌의 윤회

그 끝에 덩그러니 떠 있는

정관(靜觀)의 원(圓) 하나

정심(靜心)을 부르는 인간 심리의 공(空)

그림 시 문원경

인간은 자기를 사랑하는 것 같지만
사실은 스스로 자기를 증오한다.

인간은 자유를 구가하는 것 같지만
사실은 스스로 자기를 구속한다.

인간의 탐욕과 오만이 그 원천이다.

그게 바로 인간의 위험의 원죄의 근원이기도 하다.

그 탐욕과 오만에서
코페르니쿠스적 전환(Kopernikanische Wendung)으로
'해방적 파국(Emancipatory Catastrophism)'을 맞을 수 있을 때
신과 자연 앞 인간의 겸손의 씨앗이 싹튼다.

'해방적 파국'이야말로
인간의 탐욕과 오만의 위험의 원죄를
안심과 평화로 승화시키는 보이지 않는 신의 손이다.

5

자아의 거울

연(緣)

'연(緣)'이란 무엇일까? 연은 내 안에도 있고 우리 안에도 있다. 우리 안에는 '연'의 '우리'가 있는 것이다. 물론 사물 안에도 연이 있고, 인간과 사물 간에도 연이 있다. 그렇게 연은 나와 우리와 사물에 얽혀 있는 눈에 안 보이는 그 무엇이다. 그 '연'은 어떻게 찾아볼 수 있을까?

갑자기 예전에 내가 지은 '연(緣)'이란 시가 생각난다. 그때 아마도 사람 간의 인연에 대해 사색을 해 볼 계기라도 있었던 걸까? 짧은 시였다.

그래도 순수했던 연이었다고
그래도 향기로웠던 연이었다고
그래도 아쉬웠던 연이었다고

시간의 연이 그랬고
삶의 연이 그랬고
사랑의 연이 그랬고

언제나 마음을 그리는
그 연이
하나 있었다고…

이 시 속의 '연'은 선연(善緣)이었던가 보다. 그리고 물질의 연보다 마음의 연이었던 모양이다. 물질의 선연은 악연(惡緣)의 가면을 쓰고 있을 수도 있다. 물질은 인간의 탐욕의 근원이기 때문이다. 그런데 이 세상에는 선연만 있는 게 아니다. 악연도 있다. 선연은 서로를 부추겨 삶의 활력소를 창출하는 '연' 에너지를 방출하지만, 악연은 서로를 억눌러 삶의 활력소를 파괴하는 '연' 에너지를 방출한다. '연'은 삶의 에너지다! 그런데 우리는 그 연을 단순한 관계 정도로 보아 넘기는 경우가 많다. 그래서는 진실된 '참 연'을 맺기 어렵다. 참 연을 맺어 서로의 삶의 에너지를 북돋아 주면 어떨까? 물론 악연은 단호히 절연(絶緣)하는 것이 좋다. 악연의 에너지가 더 이상 확산되기 전에….

자아의 거울에 제일 먼저 비춰 보아야 할 것은 자신의 '연'이다. 자신의 삶을 뒤돌아보면 그 연의 실타래가 어떻게 얽혀 있는지 알 수가 있다. 그게 바로 자화상이기도 하다. 자아의 거울에 자기의 삶의 자화상을 비춰 보자. 거기에는 수많은 인연(因緣)이 얽히고설켜 있다. 인연(人緣)과 사물연(事物緣)이…. 그 인연의 굴레에서 벗어나 자유스러워 보자. 그러면 선연과 악연이 구분되어 나타날 것이다.

인생의 모든 위험은 악연에서 태동된다. 그러므로 아무렇게나 인연을 맺어서는 안 된다. 살면서 가장 경계하여야 할 것이 인연이다. 선연이 없이 안심과 평화의 인생 산책길은 펼쳐지지 않는다. 그 길의 자아의 거울에 '연'을 수시로 비춰 보자. 그냥 지나치지 말고…. 그게 다름 아닌 연에 비친 당신의 삶이다. '연'이 당신의 삶의 전부다!

사부가(思父歌)

인간의 '연(緣)' 중 최고의 연은 부모와 자식 관계다. 물론 부부 관계의 연도 소중하다. 하지만 그 부부 관계에서 탄생한 부모 자식 관계는 그야말로 떼려야 뗄 수 없는 천륜이다.

부모의 자식 사랑은 끝이 없다. 그런데 자식의 부모 사랑의 끝은? 아무리 효도를 해도 부모의 자식 사랑에는 못 미친다. 그래서 아버지를 생각하는 사부가(思父歌)를 불러 보면 어떨까?

> 아버지는 점이다
> 아버지는 선이다
> 아버지는 면이다
> 아버지는 입체다
> 아버지는 1차원, 2차원, 3차원이다
>
> 아버지는 시간이다
> 아버지는 공간이다
> 아버지는 4차원이다
>
> 아버지는 숲이다
> 아버지는 나무다

아버지는 숲과 나무다

아버지는 모른다
아버지는 보이지 않는다
아버지는 무(無)에서 유(有)를 창조한다

아버지는 조각이다
아버지는 분신이다
아버지는 모든 것이다

아버지는 나다!

나의 거울에 숨은 아버지는 침묵하지만 모든 것을 품은 그 무엇이다. 무거워 함부로 움직일 수 없지만 움직이는 그 무엇이다. 그 속에 모든 것을 읽고 쓰고 있다.

나는 오늘도 아버지와 그 길을 걷고 싶다. 나의 고사리 손을 잡고 가 작은 키 세워 안고 서서 동네 학교 운동장에서 상영되는 무성(無聲) 영화를 보며 변사(辯士)의 목소리를 어린 가슴에 추억으로 담아 주었다. 그 변사의 목소리는 지금 사부가(思父歌)로 나에게 울려온다.

"아버지는 모든 것이고, 나다!"라고…

모든 것은 하나다! 그 하나가 아버지고 나다.

아버지의 목소리가 아련한 안심과 평화의 울림으로 메아리쳐 온다. 그 속에 나는 그 '하나'의 생명의 영혼을 실어 보낸다.

아버지가 걸어간 인생 산책길에 그의 영혼을 위한 안심과 평화의 기도를 하고 싶다.

공유 안심 세상 피스 미러에 비친 잃어버린 자화상

사모가(思母歌)

사부가(思父歌)를 부르니 사모가(思母歌)가 가슴에 묻혀 온다. 절절한 사연을 싣고…. 어머니를 생각하는 사모가는 또 어떻게 불러야 할까?

어머니의 산고(産苦)가 생명 터다
어머니의 젖무덤이 생명줄 터다
어머니의 밥솥이 몸 터다
어머니의 기도가 마음 터다

어머니는 나를 벗긴다
어머니는 나를 씻긴다
어머니는 나를 누인다
어머니는 나를 재운다

어머니는 다리미다
어머니는 다듬이다
어머니는 재봉틀이다
어머니는 수리공이다

어머니는 밤낮 나를 본다

어머니는 밤낮 나를 만진다
어머니는 밤낮 나를 애달파한다
어머니는 밤낮 나를 부른다
어머니는 밤낮 나를 찾는다

어머니의 새 고무신을 들고 엿장수를 찾은 그날도 어머
니는 고무신보다 나를 찾았다!

어머니는 나의 머리다
어머니는 나의 가슴이다
어머니는 나의 손이다
어머니는 나의 발이다
어머니는 나의 분신이다

어머니는 안다
나는 모른다
어머니는 본다
나는 안 본다
어머니는 그림자다
어머니는 거기에 있다

어머니는 나다!

나의 거울에 비친 어머니는 향기 없는 향기의 순백의 꽃이다. 나비

공유 안심 세상 피스 미러에 비친 잃어버린 자화상

처럼 날아다니지만 한 곳을 맴도는 고요한 정숙(靜肅)이다. 그 속에 모든 것을 안고 어르고 있다.

나는 오늘도 어머니의 품에 숨어 그 길을 걷고 싶다. 따뜻한 어머니 내음이 풍기는 그 길을…. 어머니는 어린 나를 외지 중학교로 유학을 보내면서 내가 쓰던 수저를 곱게 싸 주었다. 방학 때 집에 오면 지네 넣은 삼계탕을 끓여 주었다. 그리고 방학 끝나 떠나는 날에는 세상에서 제일 소중한 말 편지를 꼭꼭 써 나를 같은 버스 고향 누나들 편에 부쳐 주었다. 버스 창문 사이로 고운 얼굴과 손을 타고 내리는 순백의 눈물을 훔치며… "내 아들 잘 부탁한다." 그러곤 멀어져 갔다. 그 따뜻한 정적은 아직도 나의 모든 것에 스며 나를 부르고 있다.

"어머니는 모든 것이고, 나다!"라고….

나의 어머니는 이제 잘 걸을 수도 없다. 내가 어머니의 지팡이가 되고 싶지만 어머니는 그것조차 힘겨워 한다. 어머니는 자꾸 나를 빤히 들여다본다. 그 눈망울에 힘은 없지만 온갖 마음의 향기가 나를 쏘아 본다. 길고도 긴 그 세월의 뒤안길을 초월한 그 눈망울은 무얼 말하고 있는 걸까? 이제 그 걱정과 고난의 길에서 해방되어 안심과 평화의 그 길을 환하게 걸어갔으면 좋겠다. 사모가가 울려 퍼진다.

신이 모든 곳에 갈 수가 없어 우리에게 보낸 것이 어머니, 엄마이지 않을까? 그게 신의 안심과 평화 메시지이지 않을까?

사아가(思我歌)

아버지, 어머니를 생각하니 또 나를 생각하게 된다. 그 연(緣)을 생각하게 된다.

나는 누구인가?
나는 어디에서 왔는가?
나는 어디로 가고 있는가?
나는 무엇을 하고 있는가?
나는 무엇을 원하고 있는가?
나는 무엇을 위하고 있는가?

나는 나를 알고 있는가?
나는 그를 알고 있는가?
나는 그들을 알고 있는가?
나는 그것을 알고 있는가?
나는 그 무엇을 알고 있는가?

나는 무엇을 믿을 것인가?
나는 무엇을 좋아할 것인가?
나는 무엇을 사랑할 것인가?

공유 안심 세상 피스 미러에 비친 잃어버린 자화상

나는 무엇을 가질 것인가?

나는 무엇을 버릴 것인가?

나는 무엇을 남길 것인가?

나는 무엇을 전할 것인가?

나는 그인가?

나는 나인가?

내가 그고 그가 나다!

지금 나는 나의 그림자를 따라 가고 있다. 그 그림자가 누구인지도 모른 채… 나는 그림자 있는 투명 인간일까? 나의 존재를 알리면서 숨고 싶은 탐욕의 화신일까? 그래서 나는 위험한 산책길을 걸어가고 있는 걸까? 그 길에 놓인 나의 거울에 비친 나는 창백하다. 안심과 평화의 공기를 쐬지 못했다. 그런 나는 질식할 것이다. 더 창백해지기 전에 그 거울을 잘 닦아야겠다. 그러면 나의 왜곡된 자화상도 잘 닦이지 않을까? 그런다고 그게 닦일까? 그래도 닦아 봐야겠다.

안심과 평화의 인생 산책길을 찾아 떠나는 구도자(求道者)의 모습을 나의 인생길 거울에 비춰 봐야겠다. 그를 닮고 싶다! 그래도 안되면 그의 그림자라도 밟고 싶다! '참 자아'가 거기에 있지 않을까?

사아가를 부르며 잃어버린 자화상을 찾아 떠나는 그는 누구인가?

사부가(思婦·夫歌)

사아가(思我歌)를 부르다 보니 또 사부가(思婦·夫歌)가 생각난다. 부부의 연(緣)을 생각하게 된다. 부부란 어떤 걸까?

그냥 인연이 되어 남남이 만나 하나 되어 사는 그 무엇? 아니 둘이되어 함께 사는 그 무엇? 참으로 부부란 쉬운 것 같으면서도 어려운 관계란 생각이 든다. 하지만 그걸 젊었을 때는 몰랐다. 나의 부모님이 그렇듯이 나도 부부 놀이 열차를 탔다고나 할까…. 그렇게 부부 관계는 묘한 '우연'이 가져다 준 천륜이라는 철없는 놀음이라고 할 수 있지 않을까? 부모 자식 관계가 '필연'이 가져다 준 천륜이라면…. 그런데 그 우연이 필연인 줄 나이 들게 되면서 알게 된다? '우연'보다 '필연'이 더 어려운 관계가 아닐까? 부부 관계는 어쩌면 부모 자식 관계보다 더한 필연이 가져다 준 천륜일지 모른다는 심고(深考)에 망부가, 망부석 사연이 애달프게 회자(膾炙)되는 것이 아닐까? 그래서 부부 인연은 천생연분이라고 하는 걸까?

부부는 원래 남남의 둘이 무촌(無寸)으로 만나 그 무촌이 무(無)로 되는 유촌(有寸)의 무촌인 하나로 된 부부로 인연이 되었다가 다시 죽어 헤어지면 원래 남남의 둘인 무촌으로 돌아가는 관계가 아닐까? 피가 안 섞인 부부 관계의 무촌의 천생연분의 숙명? 양극단의 무촌의 숙명? 그래서 그 인연을 헌신짝처럼 버리기도 하는 걸까? 어쨌든 부부 관계는 묘한 인연임은 틀림없는 것 같다. 그 묘한 인연만큼 부부 관계는 단순한 것 같으면서도 복잡한 그 어떤 관계를 형성하고 있는 것이 아닐까? 그게 뭘까?

부부 관계의 형성은 새로운 문화를 창조하는 것이다. 서로 다른 두 문화 주체가 만나 새로운 문화를 창조한다는 것이다. 그 문화 창조의 과정은 단순해 보이지만 너무나 복잡한 과정을 거친다. 이를 이해하는 데서 부부 관계의 의미 해석이 출발해야 하지 않을까? 부부의 각 개체는 서로 다른 문화를 가진 가족 공동체에서 나와 그 두 개체의 이질적인 문화가 하나로 되는 화학적 과정을 거치게 된다. 그 과정에서 당연히 물리적 충돌이 일어나게 마련이기도 하다. 그 물리적 충돌이 부부 간 격돌의 과정인 부부 싸움의 문화적 실체이다. 그러한 산고(産苦)를 겪지 않고 새로운 문화 창조의 위대한 탄생은 기대하기 어렵다. 부부 관계의 인연의 소중함은 여기에 있다!

신이 인간의 생명을 창조하고 그 생명들의 인간 세상의 원초적 문화는 부부 관계의 인연에 의한 가족 문화에서 창조된다는 인간 문화 창조 기원의 그 한 측면을 알아야 하지 않을까? 아마도 그걸 아는 사람이 그리 많지는 않으리라… 인류 문화의 기원도 알고 보면 부부의 연에서 비롯된다고 할 수도 있지 않을까 하는 것이다. 그 서로 다른 문화가 만나 다시 변증법적 논리에 따라 발전하는 데서 인류 문화 발전의 기원을 찾아볼 수도 있지 않을까 하는 것이다. 너무 망부가, 망부석 부부 정서의 감성적 부부론과는 거리가 먼 이성적 부부론으로 치우치고 있다고? 결국 그 망부가, 망부석의 감성적 스토리는 이성적 인간 문화 창조의 못다 함의 아쉬움을 토로하는 것이 아닐까? 좀 더 서로 다른 문화를 이해하고 새로운 삶의 의의를 익혀 가고픈 그 문화 창조의 아쉬움….

부부 관계의 새로운 문화 창조는 사회 공동체 기초 단위로서의 '가족 공동체'의 새로운 문화를 창조하는 것이라고 할 수 있다. 그 '가족 공동체 문화'가 사회 공동체의 기반 문화가 되는 것이다. 그리고 그 가족 공동체 문화를 이어 나갈 주체는 그 부부의 연에서 탄생하는 새로운 생명체가 되는 것이다. 그 새로운 생명체는 부부의 연속에서의 새로운 독립 개체로서 그 가족 공동체 문화 속에서 나름의 새로운 개체 문화를 창조하게 되는 길을 밟는데 그게 바로 가풍과 자녀 육아와 교육 등을 통한 길이 될 것이다. 이에서 부부 관계가 주는 그 무엇이 새로운 문화 창조의 복합적 메시지로 다가온다. 그렇게 새로운 문화 창조의 맥은 부부의 연의 새로운 생명체의 새로운 개체 문화를 통해 대(代)를 이어 흐른다. 그 새로운 생명체가 맺는 새로운 부부의 연이 그 부부 각자의 개체 문화 간 변증법적 창조의 새로운 문화 창조의 맥을 이어 가면서….

부부의 연은 이렇게 그 위대한 새로운 문화 창조와 그 문화 재창조의 새로운 생명체 탄생의 서막을 여는 팡파르를 울리며 맺어지지만 또 그 망부가·망부석의 한(恨)으로 메아리쳐 퍼짐은 웬일일까? 부부의 연은 위대함과 가혹함의 2중주인가? 부부의 연은 무한한 환희와 끈질긴 애절함의 치열한 극치인가? '부부 일심동체(一心同體)'가 부르는 가장된 역설인가? 그런데 요즘 그 역설이 진짜 역설이 되어 가

공유 안심 세상 피스 미러에 비친 잃어버린 자화상

고 있는 듯하여 혼란스럽다. 부부 관계가 '이심이체(二心異體)'로 분열적 변신을 하고 있는 것 같아 서글퍼다는 원망마저 든다. 그래서 이혼이 다반사로 이루어지고, 아예 부부의 연을 처음부터 맺지 않는 독신주의도 흔하게 되는 걸까? 부부의 연은 그야말로 자연스러운 인연이기 때문에 그를 가지고 왈가왈부 탓할 수는 없을 것이다. 그렇다면 그 부부의 연의 참뜻이 왜곡되고, 심지어는 실종되기까지 하는 세태를 탓하고 나선 나는 누구인가? 그런 나는 부부의 참 연을 제대로 읽고 고뇌하고 있는가?

부부의 참 연을 생각하며 사부가(思婦·夫歌)를 읊어 본다.

부인을 생각하니 남편이 떠오르고
남편을 생각하니 부인이 떠오른다

부인을 생각하니 남편이 사라지고
남편을 생각하니 부인이 사라진다

부부는 둘이면서 하나이다
부부는 하나이면서 둘이다

부부는 알고도 모르는 묘한 함수 관계이다
누가 독립 변수이고 종속 변수인지 알고도 모른다

부부 방정식의 해(解)는 무한하다

부부 방정식의 해는 미지수이다

부부의 수학은 고차 방정식이다!

"부부란 무엇일까?" 다시 되뇌어 본다. 연인 관계? 친우 관계? 동반자 관계? 가장 어려운 관계? 가장 예의를 지켜야 할 관계? 가장 겸손해야 할 관계? 가장 존경해야 할 관계?

"있을 때 잘 해!" 누군가가 망부가, 망부석을 기리며 하는 말이 아닐까? 이 말 안에 부부의 연의 모든 게 들어 있지 않을까?
400년 전에 부친 경북 안동 어느 아내의 망부가를 부르는 편지인 "원이 아버지께"는 지금은 없는 망부가일 따름인가?

부부의 연으로 맺어진 부부 관계는 새로운 문화 창조, 그 문화 재창조의 새로운 생명체 탄생의 성스러운 고해(苦海)를 함께 건너온 임을 그리는 망부가, 망부석의 원초적 '연'을 태생적으로 품는 그 무엇이다. 고해의 삶이지만 아름답고 향기로운 삶의 방정식이다. 안심과 평화의 인생 산책길은 그 방정식을 푸는 과정이다.

사부가(思婦·夫歌)가 안심과 평화의 인생 산책길에 부부의 참 연을 어우르며 은은히 울려 퍼졌으면 좋겠다!

자식과 손주의 반란

사부가(思婦·夫歌)를 부르다 보니 나와 나의 자식과 그 자식의 자식인 손주와 천륜의 연(緣)이 그림자로 다가온다. 그 자식과 손주를 보면서 나와 부모와의 천륜을 더 잘 알게 되었다. 그런데 그 천륜들이 같은 천륜인데 그 '연'의 해석이 달라지는 듯하다. 내 탓인가? 누구 탓인가?

나의 부모가 나를 키우듯이 나는 나의 자식을 키우지 못한 것 아닐까? 나의 부모는 나의 전부였는데, 나는 자식의 전부가 아닌 것 아닐까? 자식이 들으면 섭섭해 하겠지만 세태가 그런 걸 어떻게 하겠는가? 자식을 탓할 수도 없는 노릇, 자연스러운 그의 반란인 걸… 그 반란은 그의 자유 구가다! 그가 부럽기도 하다. 나는 부모로부터 자유로웠다고 할 수 없다. 항상 그들과 하나인 그 무엇이었다. 비록 떨어져 살아도 마음만은 그랬다. 그런데 자식과 나는 둘인 그 무엇일까?

나는 그의 섭섭한 자유를 존중한다. 아니 그냥 그게 편하다. 내가 변했는가? 자식이 변했는가? 아마도 양쪽 다이리라…

그 자식이 낳은 손주는 또 어떠할까? 색깔이 다른 반란이 일어나겠지? 그 색깔이 궁금하다. 그러다가 연의 색깔마저 변하지 않을까?

다섯 살배기 손자는 생소한 컴퓨터 프로그램을 제법 능수능란하게 다룬다. 어떨 때는 그 손자를 보며 외계 이방인 미래가 연상되곤 한다. 나의 손자라는 생각 이전에 나와는 전혀 다른 세계의 미래를 맞닥뜨리고 있는 미지의 인간이라는 엉뚱한 생각이 갑자기 한 번씩 엄습해 스치기도 한다. 그 반란은 나만의 환상일까? 그도 어쩔 수 없는 먼저 온 미래의 반란을 내가 착각 아닌 착각을 하고 있는 걸까? 기술 인간, 기계 인간의 반란? 앞서 얘기한 '인간과 기술'의 논제가 나의 손자에게는 해당되지 않을 것이라는 이율배반의 희망에 대한 착각? 그 현실 아닌 현실임을 회피하는 착각? 그렇게 환상과 착각 속을 헤매다 어느새 다시 나는 망각의 늪으로 빠져 든다.

그래도 그들의 반란은 금시 제압된다. 내 스스로가 나를 제압한다. 그리고 그 반란을 아름다운 '자아(自我) 연'으로 새긴다. 겸손한 마음으로 고맙게 여긴다. 나아가 나의 행복일 수도 있음에 감사한다. 참 희한한 반란이다!

그 반란은 오히려 그 연의 변증법적 논리가 된다. 나의 자아의 거울에 나를 비추는 한…. 내가 존재하기 때문에 그들이 존재한다. 그 반란의 근원은 바로 '나'다! 그래서 그 반란이 진짜 반란으로 번질까 봐 노심초사하기도 한다.

그들과 내가 천륜으로 묶인 연의 끈이 있어서 나는 오늘도 그들을 나의 자아의 거울에 비추며 나의 길을 간다. 그들이 존재하기에 열리는 나의 안심과 평화의 인생 산책길을….

공유 안심 세상 피스 미러에 비친 잃어버린 자화상

자식과 손주의 반란은 나의 자아의 거울에 비친 '나'를 찾는 나의 '잃어버린 자화상'의 반란이다?

그 '반란'이 나의 잃어버린 자화상을 회심의 미소로 바라보고 있다. 거기에 당신의 웅크린 자화상이 있다고 하면서…. 자식과 손주가 나의 스승이다! 자식과 손주가 그들의 자화상을 읽는다. 나도 따라서 나의 자화상을 읽는다.

그들만의 게임

나와 그들은 대립적 관계에 있다. 이 세상에 나를 제외한 그 누구와도 나는 대립적 관계에 있다. 나의 부모, 나의 아내, 나의 자식과도 대립적 관계에 있다. 심지어 어떨 때는 '나'와도 대립적 관계에 있다. 이는 '나'란 존재가 나만의 나의 자아의 거울을 가지고 있기 때문이다. 거기에 비친 나의 자아를 다른 사람이 바꿀 수 없다. 심지어 나도 그 원형을 바꿀 수는 없다. 나의 원형은 '나'다. 나는 '나'일 뿐이다!

나 외 나머지 그들은 관계적 이방인일 뿐이다. 다만 나와의 그 관계가 친소 관계, 이해관계 등에 따라 천차만별로 구분되고 있는 이방인일 뿐이다. 그래서 '그들만의 게임'은 수시로 다양하게 벌어진다. 나는 단지 그 게임의 구경꾼만으로서 '나'일 뿐이다. 그들은 나를 의식하지 않고 그들의 게임을 하곤 한다. 가끔은 나와 특수 관계에 있는 이들이 나를 의식하기도 한다.

종종 그들만의 게임이 나를 섭섭하게 하기도 하고 분노하게 하기도 한다. 특히, 정치 집단의 그들만의 권력 게임이 그렇다. 그들만의 게임도 그들의 자유다. 그러나 자기의 안심과 평화를 깨뜨려서는 안되지 않을까? 자기의 안심과 평화가 타인의 안심과 평화이기 때문에… 무엇보다 탐욕의 게임이 되어서는 안 되지 않을까?

공유 안심 세상 피스 미러에 비친 잃어버린 자화상

지금 벌어지고 있는 우크라이나 전쟁, 가자 전쟁은 그들만의 게임이다. 그들만의 장벽을 치고 그들만의 전쟁 놀음을 하고 있는 것이다. 전 세계의 안심과 평화의 거울에 금을 가게 하면서… 안심과 평화의 거울은 우리 모두의 자화상이다!

그들만의 게임은 계속될 것이다. 인간과 인간 간 투쟁의 역사가 사라지지 않는 한… 안심과 평화를 위한 그들만의 게임도 있을 수 있지만 안심과 평화가 모두를 위한 모두의 게임이라는 한계 아닌 한계의 역설이 그들만의 게임에 어울리지 않는다. 안심과 평화의 거울에 비친 그들만의 게임, 그들만의 자화상은 허상일 수 있다.

존재는 '관계'에서 존재가 된다. 상대가 없는 무관계의 존재는 존재로서의 의미가 없다. 인간관계뿐만 아니라 인간과 사물 관계, 사물 간 관계도 마찬가지이다. 그들만의 게임은 그들 외의 다른 존재가 없기 때문에 그 같은 존재 논리를 위장한 반쪽 존재 논리이다. 진정한 존재 논리는 그들만의 게임을 보고 공감하는 관객이 공존할 때 가능하다. 관객과 소통하는 '열린 그들만의 게임'이 될 때 그들 존재는 진정한 존재가 되는 것이다.

그런 진정한 존재가 아닌 그들의 '그들만의 게임'은 타자와의 대립적 관계이다. 어차피 세상은 정반합의 변증법적 논리로 무장되어 있어서 대립적 관계를 두려워하지는 않는다. 그래도 그가 무질서한 보편성의 법칙으로 자리 잡는 것을 경계하여야 되지 않을까?

나는 나의 자아의 거울로 그들을 비추고 나를 사색해 본다. 나의 자아의 거울에 비친 '나만의 게임'이 '그들만의 게임'에 묻힌 '나'를 나무란다.

웬 이방인들이 그들만의 게임을 다시 부르고 있다. 그들 이방인의 이방인인 나는 우리의 안심과 평화의 게임을 부르고 싶다!

공유 안심 세상 피스 미러에 비친 잃어버린 자화상

존재와 흔적

　존재는 그 실존을 어떻게 확인할까? 사물은 시·공간상에 흔적을 남긴다. 그게 그의 실존이다. 인간도 마찬가지이다. 인간의 존재와 흔적은 시·공간상의 그의 생명의 숙명이다.

　우리는 존재하는 한 흔적을 남긴다. 당신이 쉬는 숨도 흔적을 남긴다. 그 흔적이 바로 당신의 존재를 확인하는 것이다. 그게 생명의 섭리이다.

　우리는 살면서 삶의 흔적이 지워지는 것으로 착각하고 있다. 특히, 기억하고 싶지 않은 일의 흔적은 빨리 지워지길 바란다. 시간이 흐르면 그 흔적이 지워지는 것 같지만 결코 지워지는 것이 아니다. 단지 기억에서 멀어져 있을 뿐이다. 그런데 사람들은 이를 지워지는 것으로 착각하고 있다.

　만일 삶의 흔적이 지워져 사라진다면 나의 존재도 일부분 사라지는 것이 된다. 내가 존재하는 한 그 흔적은 지워지지 않는다. 그럼 내가 죽으면? 그래도 사라지지 않는다. 당신의 존재는 사라져도 어쩌면 그 흔적은 영원할 수도 있다. 영원하다니? 왜?

　나의 삶을 나의 자아의 거울에 비춰 가면서 조심스럽게 한 발자국

한 발자국 옮기라는 삶의 참 지혜를 말하는 것이 아닐까? 하지만 우리는 그 발자국 옮김을 읽지 않는다. 앞뒤 개의치 않고 나의 길을 간다. 나의 삶이라고 하면서…

소신껏 펼치는 삶은 바람직하다. 그러나 인간은 불완전한 존재이다. 그 허물이 없을 수가 없다. 그 허물에 과다의 차이는 있을지언정 누구나 삶의 허물이 있기 마련이다. 문제는 그 허물이 삶의 흔적으로 그대로 남는다는 것이다. 당신이 이 세상에 존재했다는 사실 자체가 그 허물의 흔적의 씨앗임을 명심해야 한다.

그게 뭐 대수냐고? 물론 당신의 삶에 절대적 금지의 룰(rule)은 아니다. 그 허물의 흔적에 대한 평판은 차치하고라도…. 경우의 수로 그 평판이 결정적인 삶의 장애로 작용하기도 하겠지만….

당신의 존재와 그 존재가 만든 흔적은 당신의 몫이다. 그런 만큼 당신이 그 존재와 흔적을 마음에 담아 소중히 여기고 그 존재와 흔적의 흠집을 수시로 관리함으로써 이를 최소화시킬 필요가 있다. 그러면 올바른 자아의 원래의 모습으로 최대한 환원될 수 있지 않을까? 이는 자연의 섭리라고도 할 수 있지 않을까? 자연은 일시적 오류를 되돌리는 원상회복의 자연력을 지니고 있다. 존경을 받는 훌륭한 사람은 다 그 같은 자연의 섭리에 따르는 사람이다. 또 그런 사람은 비록 '흙 속의 진주'로 그 당시에는 빛을 보지 못하더라도 언젠가는 그 빛을 발할 날이 다가올 것이다. 그냥 주어진 대로 삶을 읽고 해석해도 된다. 하지만 이왕에 사는 삶, 자신의 존재와 흔적에 흠집이 최소화되면 좋지 않을까?

 '당신의 존재가 만든 흔적은 지워지지 않고 남는다'는 명제를 읊으며 당신의 인생 산책길에 놓인 자아의 거울을 들여다보라! 거기에는 존재가 남긴 온갖 상처가 당신의 삶을 위태롭게 한 흔적으로 선명하게 보일 것이다. 기억하고 싶지 않겠지만 그래도 그 흔적을 들춰 봐야 한다. 그래야 앞으로의 인생 산책길을 안심하고 평화스럽게 걸어갈 수 있을 것이다. 더 이상의 위험의 인생 산책길을 만들어서는 안 된다.

 당신의 존재와 흔적의 지나간 상처를 덮고 아름답고 향기로운 꿈길이 펼쳐졌으면… 당신의 존재와 흔적은 당신의 삶의 궤적을 그리는 삶의 역사다. 그 역사는 인류의 역사만큼이나 다사다난할 수 있다. 뒤를 돌아보자. 그 삶의 길이 험난했다면 앞으로의 길은 안심과 평화의 꽃길을 그려 활짝 펼치자.

 '존재와 흔적'은 당신의 삶을 결정하는 변수가 아닌 상수다!

나의 존재

이제 나의 존재를 생각해 볼 차례다. 나는 어떤 존재일까?

나를 존재하게 한 근원은 무엇일까? 부모님? 자연? 신? 결국 인간과 자연, 신의 문제로 귀결된다. 나를 존재하게 한 가장 가까운 근원은 물론 부모이다. 그러면 그 부모에게 생명을 잉태하게 한 것은 또 무엇일까? 그건 자연이 아닐까? 그러면 그 생명에 영혼을 부여한 것은 또 누구일까? 그건 신이 아닐까?

그러고 보니 나는 태생적 고귀한 존재이다. 아직까지 내가 살면서 내가 고귀한 존재라는 생각을 해 본 적이 없다. 사람으로 태어나서 일반 동물과는 구분되는 영장류라는 그저 막연한 생각만 하고 있었다. 그마저도 그저 피상적으로 생각하고 있었다. 단 한 번도 진지하게 나의 존재의 의미에 대해서 깊이 생각해 본 적이 없다.

희한하게 기이하다. 단 한 번도 내가 나의 존재가 어떤가 하는 의문에 대해 생각해 보지 않았다니? 너무 생각할 게 많아서, 너무 바빠서, 너무 어리석어서… 너무 어리석었던 것이 아닐까? 그 태생적 고귀한 존재의 의미를 생각할 수 없을 정도로 어리석었던 것이 아닐까? 그래서 나는 이제껏 어리석은 삶을 살 수밖에 없었던 것이 아닐까?

나의 존재를 모르는데 어떻게 남의 존재를 알며, 세상을 알겠는가? 인간의 무지는 바로 나의 존재를 모른다는 데서 시작되는 것이 아닐까? 나의 존재를 모르는데 그 존재가 아는 지식이 무슨 소용이 있을까? 인간의 무지를 탓하면서 단 한 번도 그 존재에의 무지를 탓하는 무지의 어리석음조차 몰랐다. 그 신기한 무지의 어리석음에 다시금 나를 탓한다.

지금까지 자·타아의 거울에 비친 나는 '나'가 아니었다. 그건 나도 모르는 이방인이었다. 그 이방인을 '나'로 알고 탓하는 착각까지···.

자기 존재의 참 의미를 안다는 것은 결코 쉬운 일이 아니다. 흔히 내로라하는 사람들은 얼마나 자신을 알까? 서울역에서 서성거리는 노숙자들이 더 잘 자신을 알지 않을까? 그들은 생의 밑바닥까지 떨어질 대로 떨어진 자신을 알고 있지 않을까? 그런데 권력이나 명예나 돈 괴물 꿰차고 있는 사람들은 그 괴물 주머니의 끝이 어딘지 모르고 자신의 환상 속에 매몰된 채 자신을 망각하고 있지 않을까? 이렇게 자기 존재, 즉 자아의 실체의 인식은 환상 속을 맴돌기 쉽다.

나의 존재의 환상에서 벗어나자! 그러면 나의 자아의 실체가 보일 것이다. 그러기 위해서는 내가 남과 같아지기를 바라거나 남이 나와 같아지기를 바라서는 자기를 잃고 헤매는 것이 된다. 무엇보다 나만이 옳고, 나만이 할 수 있다는 생각은 그야말로 그렇다. 나의 존재가 있으면 남의 존재도 있다는 걸 방기(放棄)하는 순간 나의 존재도 없는 시·공간 속에 나는 덩그러니 허상으로 남게 된다.

나의 존재를 알고 남의 존재도 알 때 나의 존재는 보다 명확해진다. 나의 존재는 남의 존재를 아는 데서 완성된다. 나의 거울에 남의 거울을 비춰 보자. 기이하게 나의 존재가 그의 거울에 비춰질 것이다. 거기에 비친 나의 존재는 그의 존재를 비집고 나온 것이다. 나의 존재는 그렇게 새롭게 탄생한다.

나를 통해 나를 알고 남을 통해 나를 알 때 나의 존재는 나의 자아의 거울에 선명하게 비칠 것이다. 그제야 진정한 '나'를 찾아 안도한다. 나의 '그'가 안심과 평화의 미소를 띠고 환하게 웃고 있다.

이제 나는 나의 존재와 함께 안심하고 평화스럽게 나의 인생 산책 길을 걸어갈 수 있다. 그 길에서 계속 나의 존재를 읽고 쓴다. 내가 나를 학습하는 것이다. 나의 존재를 안다는 것이 이처럼 어려움을 그가 가르쳐 준다. '그'는 바로 '나'다!

그가 나를 안심하고 평화스럽게 바라본다. 나의 존재는 그처럼 성숙해 있다. '그'가 '나'고 '나'도 '나'다. 이제 진정한 '나'가 된다. 나를 바라보는 그와 내 안에 있는 나는 '나'인 것이다. 그게 바로 무지의 어리석음 속에 찾아 헤매던 '나의 존재'다!

아폴론 신전에 새겨진 '너 자신을 알라. 그리하면 우주와 신들을 알게 될 것이다'란 글을 보고 소크라테스는 왜 "너 자신을 알라."고 말했을까? '나의 존재 앞 겸손'이 모든 걸 말하고 있지 않을까?

궤도

우주 만물에는 궤도가 있다. 그게 자연의 섭리고 질서고 역사다. 마찬가지로 나의 존재와 흔적이 그리는 궤도는 나의 삶의 규범이고 질서고 역사다. 그래서 그 궤도는 '나'란 존재의 역사다. 나는 어떤 궤도를 그리고 있는가?

사물의 원래의 궤도는 '다른 듯 닮은 궤도'가 되어야 맞다. 그 궤도가 자연의 섭리에 따르기 때문이다. 그 자연의 섭리는 상식이기도 하다. 그런데 그 '상식'의 궤도에서 이탈된 궤도로 인해 복잡하게 얽히고설킨 '닮은 듯 다른 궤도'로 되는 것이 아닐까? 삶의 궤도인 인생의 궤도도 마찬가지이지 않을까?

자연의 섭리가 상식이라고? 자연의 섭리는 그 무슨 거창한 것인 줄 알았는데…. 그렇지 않다. 상식에 따르면 그게 바로 자연의 섭리에 따르는 것이 된다. 상식의 궤도는 다름 아닌 자연의 섭리라고 할 수 있다. 정상적인 삶의 궤도는 자연의 섭리를 따르는 것이고 이는 상식의 궤도가 되는 것이다. '정상적인 삶의 궤도=자연의 섭리=상식의 궤도'라는 공식이 성립되지 않을까?

당신은 정상적인 삶의 궤도를 살아왔는가? 나와 보편적인 다른 사람의 삶의 궤도를 비교해 보아라. 그리고 거기에 닮은 듯 다른 당신의 삶의 궤도의 모습을 찾아보아라. 여기의 닮은 모습은 정상적인 삶의 궤도를 말하고, 다른 모습은 당신 나름의 특이하거나 비정상적인 삶의 궤도를 말한다. 만일 당신의 정상적인 삶의 궤도가 다른 보편적인 삶의 궤도와 닮지 않았다면 당신의 삶은 상대적으로 특이한 삶이거나 왜곡된 삶이라고 할 수 있다. 그 특이한 삶은 남보다 특출한 삶이 될 수도 있고, 그야말로 특이한 비정상적인 삶이 될 수도 있는 것이다. 물론 정상적인 특출한 삶은 더 나은 삶을 지향한다고 볼 수 있을 것이다. 그처럼 비정상적인 삶의 궤도는 그 사람의 삶을 존중한다는 측면에서 비정상의 정상이라고나 할까…

어쨌든 삶의 가장 밑바닥에 흐르는 그 본질은 '자연의 섭리'와 '상식' 임을 깨달아야 한다. 인간 세상에는 삶의 질서가 있다는 것이다. 그게 바로 '자연의 섭리 상식'이라는 것이다. 그게 없는 세상은 이전투구(泥田鬪狗)의 악마의 세상이 된다고 할 수 있다.

나의 삶의 궤도는 어떠했는가 한번 생각해 보자. 아마도 지금껏 살아오면서 이를 생각해 본 적이 거의 없을 것이다. 젊은 사람은 젊은 대로 지나간 삶의 궤적을 반추해 보면서 앞으로의 삶을 어떻게 가야 할지를 생각해 보고, 나이든 사람은 나이든 대로 지나간 비정상적이고 복잡했던 삶을 뒤돌아보고 남은 삶을 어떻게 최대한 정상적인 삶의 궤도를 그리며 단순한 삶으로 살아갈 수 있을지를 생각해 보면 어떨까? 비정상적인 삶은 복잡하게 얽히고설키고, 정상적인 삶은 단순하게 질서정연하다고 할 수 있지 않을까?

삶의 궤도는 인생의 궤도고 나의 역사 기록이다. 각 나라의 역사, 세계의 역사, 인류의 역사와 마찬가지로 나의 역사도 있다. 그 역사가 모여서 나라 역사, 세계 역사, 인류 역사가 되는 것이다. 나의 삶의 궤도, 인생의 궤도는 인류 역사의 한 점이다! 너무 그 비유가 지나치다고? 결코 그렇지 않다. 당신은 이 우주 속 한 입자이다. 그래서 당신 속에는 소우주가 들어 있는 것이다. 그 입자가 소우주라는 것이다. 입자의 세계인 양자역학의 세계가 다름 아닌 당신의 세계인 셈이다. 양자역학에서 입자의 궤도를 찾는 것은 결코 쉽지 않다. 마찬가지로 당신의 삶의 궤도도 찾는 것이 쉬운 일만은 아니다. 그렇지만 찾으려고 노력해야 한다. 그래야 최대한 안심과 평화의 삶의 궤도를 유지할 수 있다.

당신은 고귀한 존재다! 당신의 삶도 고귀한 존재다! 그래서 당신의 삶의 궤도는 고귀한 당신의 역사, 나아가 나라 역사, 세계 역사, 인류 역사가 되는 것이다. 당신의 자아 거울에 당신의 삶의 궤도를 그려 보자. 그냥 지나간 삶을 뒤돌아본다는 것이 아니다. 삶의 궤도의 '참뜻'을 알고 그를 구체적으로 그려 본다는 것이다. 몇 날 며칠이 걸려도 좋다. 아니 몇 달 몇 년이 걸릴지도 모른다. 당신과 당신의 삶이 고귀하기 때문에…

삶의 궤도를 생각하니 문득 떠오르는 고질적으로 잘못된 궤도가 하나 있다. 그건 삶 지배의 '정치 궤도'이다. 인간의 삶의 궤도에의 영향 요소 중 가장 자연의 섭리, 상식에서 벗어난 궤도가 정치 궤도이지 않을까? 그 잘못된 정치 궤도가 당신의 삶의 궤도에 투영되어 있다는 것이다. 그 정치 궤도도 생각해 봐야 하지 않을까? 그리고 그에 저항해야 하지 않을까?

 '닮은 듯 다른 궤도'보다 '다른 듯 닮은 궤도'가 정상 궤도로 회귀할 가능성이 더 높다. 인생에서 일시적 이탈은 있을 수 있다. 그 궤적이 원심력과 구심력의 조화와 균형 속에서 이루어지는 정상 궤도를 지향할 수 있는 방향으로 가고 있기만 한다면…. 원심력은 궤도 이탈, 구심력은 궤도 회귀의 힘이다. 당신의 삶의 원심력과 구심력은 무엇이었는지, 그리고 그 궤도가 어떻게 그려졌는지 당신의 인생 산책길에 걸린 거울에 비춰 보자. 그 원심력과 구심력의 조화와 균형이 당신의 인생 산책길에 안심과 평화의 다리를 놓는 궤적을 그린 건지 아닌지 알 수 있을 것이다.

 당신의 삶의 원심력과 구심력 모두 중요하다. 궤도 이탈의 원심력은 당신의 삶을 창조적으로 만든다. 궤도 회귀의 구심력은 당신의 삶을 절제와 중용으로 안정적으로 만든다. 그러면서 삶은 변증법적으로 성장하면서 발전하는 것이다. 그게 삶의 정상적인 궤도를 지향하는 논리적 귀결이다.

 그에서 다른 듯 닮은 궤도는 당신의 삶의 궤도의 변증법적 성장과 발전의 논리가 될 수 있음도 읽을 수 있다. 당신의 삶의 원심력과 구심력의 조화와 균형 속에 삶의 궤도의 변증법적 성장과 발전을 기해 보자. 그게 바로 당신의 삶의 안심과 평화다!

 인생은 하나의 포물선의 긴 여정이다. 세상에 똑같은 '길'은 없다. 같은 '나'도 없다. 조금 전 걸었던 길도 다시 걸으면 다른 길이다. 순간, 찰나(刹那)에도 변하고 있고 그 길을 가는 나도 쉼 없이 변하고 있다. 그 길에 펼쳐지는 다양한 스펙트럼을 인내하고 그를 해석하는 관점이 중요하다. 무엇보다 고성능 바이오 컴퓨터라고 할 수 있는 인간에게 세계관이 매우 중요하다. 그 세계관에 따라 그 스펙트럼의 인내, 해석과 그 컴퓨터의 작동 방향이 결정되고 당신의 삶의 궤도가 결정된다는 것이다. 당신의 낙관과 비관의 세계관에 따른 180° 차이의 그 무엇?

당신의 삶의 궤도는 어떠한가? 그 포물선의 긴 여정 속에서 낙관적으로 자연의 섭리와 상식을 인내하고 해석하는 세계관을 따라왔는가? 그런 세계관을 따라 왔다면 그에 기초한 삶의 궤도는 정상적인 길이지 않을까? 그렇지 않다면 당신의 삶의 궤도는 그 어떤 비정상적인 길일 수도 있다. 알게 모르게…. 우리에게는 낙관과 비관의 양 영혼이 깃들어 있다. 그 영혼의 싸움 속에 당신의 삶의 궤도, 인생의 궤도가 결정되는 것이다.

자연의 섭리와 상식의 본질은 변하지 않지만 세상은 항상 새로운 세상임을 깨달을 때 거기에 '겸손'의 선(善)한 영혼이 싹트게 되고 그 겸손의 선함 속에 당신의 삶의 궤도가 달라지게 될 것이다. 당신의 삶의 궤도는 겸손을 읊고 있는가?

당신의 삶의 궤도는 바로 당신의 자화상이다! 안심과 평화의 자화상? 안심과 평화의 거울 속에 정상적인 삶의 궤도를 밝히는 당신의 선한 영혼을 비춰 보자. 그 선한 영혼이 겸손하게 웃고 있다!

마음 산책

지금까지 당신이 걸어온 인생 산책길의 정체는 무엇일까? 삶? 인생? 실존? 현상? 위험과 전쟁? 안심과 평화? 그 모두 다가 아닐까?

그런데 그 산책길은 무엇에 의지해 걸을까? 다리? 아니면 온몸? 아니다. 마음으로 걷는다. 하지만 지금까지 그걸 잘 모르고 걸었다. 나의 다리와 온 몸의 근육으로 걷는 줄 알았다. 마음으로 걷는다고 생각해 본 적이 거의 없다. 아니 없었다고 함이 맞을 것 같다. 인생길은 알고 보면 마음 산책길이다. 하나 정작 그 마음 산책길에 진정한 마음은 없었다. 있었다면 걷고 싶다는 욕구, 걷고 있다는 의식 등 의례적인 단순한 마음 정도가 아니었을까? 그렇게 아이러니하게 인생길을 덧없이 걸어온 것이 아닐까?

인생길은 마음의 길이고 그 길에는 나의 마음의 궤도가 놓여 있다. 그러나 그 마음의 궤도를 읽지 못하고 마음을 망각한 채 그냥 몸으로 걷는 그 길이 나의 길인 줄만 알고 터벅터벅 걸어왔다. 그래서 어떨 때는 비틀거리기도 하고 넘어지기도 하면서 헤매게 된 것은 아닐까? 마음이 망각된 그 길을 멍하니 걸어왔던 것이 아닐까?

마음이 망각된 길에 영혼이 없는 육체만이 덩그렇게 걸어가고 있었다!

마음이 망각된 인생 산책길에 지나간 삶의 궤도, 인생의 궤도는 보이지 않았다. 다 지워지고 없었다. 그냥 그 궤도의 허상만 나부끼고 있었다. 나는 지금까지 그 허상을 보고 나의 삶이 어떠했노라고 읊고 있는 것이 아닐까? 삶의 궤도, 인생의 궤도는 마음의 궤도인데 그 마음이 없으니 사실상 그 궤도는 없는 것이 아닐까? 있다고 착각한다면 이는 허상이 아닐까?

이제부터라도 마음이 걷는 인생 산책길을 가야겠다. 그러면 사라진 지나간 삶의 궤도, 인생의 궤도도 다시 부활되어 나의 삶의 거울, 인생의 거울에 비치게 되지 않을까? 또 그러면 앞으로 펼쳐질 나의 인생 산책길은 진정한 나의 생명의 길, 영혼의 길이 될 수 있지 않을까? 안심과 평화가 깃든…

일상의 산책로를 걸을 때도 마음으로 걷자. 마음 사색으로 걷자. 인생 산책길이 마음 산책길이듯이… 이에 당신의 산책로는 그 어느 때보다도 밝고 활기찰 것이다. 당연히 당신의 인생 산책길도 밝고 활기차게 될 것이다.

마음이 건강하면 육체도 건강해지는 법이다. 마음속에 모든 게 들었다. 마음이 없는 모든 것은 허상이다. 그 허상에 매달리면 마음뿐만 아니라 몸도 병들어 위험해진다. 마음 산책으로 삶을 건강하게 하면 당신의 삶은 안심과 평화를 누리는 건강한 '마음 삶'이 될 것이다.

물소리 바람 소리 새소리 찾아 떠나는 길

지금까지 당신이 걸어온 인생길의 정체는 무엇일까? 탐욕? 시련? 위험?

대부분이 그렇다고 생각이 들지도 모른다. 그래서 인생길은 고행의 길이라고들 하는가? 그래서 석가모니나 예수 같은 선각자들은 스스로 고행의 길을 걸으면서 삶의 지혜를 밝혔는가?

그렇다면 인생길 중 안심과 평화의 길은 얼마나 될까? 순간 나타났다가 사라지는 숨은 그 무엇 같다고?

인류의 역사는 인간과 자연, 문화와 자연의 투쟁의 역사이다. 인간이 자연을 지배하고, 그래서 문화가 자연을 지배하는 '문명' 프레임에 갇힌 역사다. 자연 파괴, 따라서 안심과 평화가 숨어버린 역사인 것이다.

인류의 역사뿐만 아니라 개인의 역사도 인간 개인의 사고와 행태가 그 역사에 투영된다. 자연의 생명의 영혼의 소중함보다는 물질, 기술, 편익, 향락 등의 소중함에 길들여져 있고 그게 개인의 역사로 나타나게 되는 것이다. 이에 인간의 역사는 탐욕과 파괴와 위험의 역사가 되는 것이다.

공유 안심 세상 피스 미러에 비친 잃어버린 자화상

자연 속 나를 찾아 떠나 보자! 거기에 나의 진정한 생명과 영혼이 있다. 거기에 나의 안심과 평화가 있다. 안심과 평화는 바로 자연이다. 자연의 섭리이다. 자연 속 나의 안심과 평화의 소리를 내어 보자. 그 소리가 나의 안심과 평화의 산책길에 울려 퍼졌으면 좋겠다.

물소리 바람 소리 새소리의 자연 소리를 찾아 안심과 평화가 깃든 자연 산책길을 떠나 보자. 인간 산책길, 문화 산책길이 아닌… 그 산책길 거울에 비친 나는 문명인이 아니라 미개인이다! 자연의 섭리를 알고 그에 순응하며 그에 동화되고 일체가 되는 미개인…

인간은 흙에서 나서 흙으로 돌아간다. 그게 바로 자연의 섭리다. 그런데 그걸 까마득하게 망각하고 오만한 탐욕으로 허황된 허상을 쫓아가다 벼랑에 떨어져 흔적도 없이 사라지는 탐욕들…. 인간은 탐욕에서 나서 탐욕으로 돌아가는가? 그 탐욕이 그가 밟는 한낱 '흙'이란 걸 모르는 걸까?

물소리 바람 소리 새소리의 자연 소리에는 탐욕이 없다. 그저 자연을 노래할 뿐이다. 거기에는 문명은 없다. 그저 자연만 있을 뿐이다. 안심과 평화의 소리만 들려올 뿐이다.

오늘 물소리 바람 소리 새소리 나는 아무데라도 가서 산책을 하면서 묵상을 해 보자. 눈과 귀를 닫고… 그러면 안심과 평화의 자연 소리가 당신의 생명과 영혼의 가장 깊숙이 스며 올 것이다. 눈과 귀를 여는 순간 그 소리들은 사라질 수도 있다. 그러나 마음의 눈과 귀를 열면 다시 그 소리들은 들릴 것이다. 신의 생명의 영혼의 소리로…

당신의 인생 산책길도 오늘 하루의 그 고귀한 자연 산책을 읊을 수 있는 길이 되었으면 좋겠다. 아리스토텔레스의 소요학파 (Peripatetici)처럼 소요로(peripatos)를 거닐면서 철학을 사색하지 않더라도 자연과 동화 일체가 되어 자아를 몰입해 '불멍' 때리듯 '자연멍'을 때려 보자! 이때는 자아를, 자화상을 잃어버려도 좋다. 아니 잃어버리는 것이 아니라 찾는 것이다! 진정한 자아는 신의 섭리, 자연의 섭리 속에서 찾을 수 있다. 물소리 바람 소리 새소리는 신의 섭리의 소리, 자연의 섭리의 소리이다. 그 소리는 안심과 평화를 갈구하는 우주 만상의 겸손과 사랑의 소리일 것이다.

문득 조병화 시인의 '사랑은'이란 시가 생각난다. 시인은 "사랑은 아름다운 구름이며 보이지 않는 바람 인간이 사는 곳에서 돈다"라고 하고 있다. 또 "사랑은 닿지 않는 구름이며 머물지 않는 바람 차지 않는 혼자 속에서 돈다"라고 하고 있다. 이에서 애절하면서 그 깊고 숭고한 사랑의 맑고 고운 그 무엇을 읊고 있는 것이 아닐까? 그 무엇은 안심과 평화 갈구의 겸손과 사랑의 소리로 애잔하게 여울져 내리고 있는 것이 아닐까?

물소리 바람 소리 새소리의 자연 소리가 문명의 인공 소리에 쇠잔해지지 않도록 겸손과 사랑의 소리로 에워싸 안심과 평화의 메아리로 띄워 보내자!

공유 안심 세상 피스 미러에 비친 잃어버린 자화상

타인의 거울

나의 자아의 거울에 비친 나는 나인가? 남인가? 나였으면 좋겠다. 그런데 자꾸 남으로 비친다. 왜 그럴까?

지금까지 나에게 자아의 거울이 없었던 것일까? 타인의 거울을 보고 '나'라고 착각하고 있었던 것일까?

나는 '나'가 아닌 '남'으로 살아온 것일까? 나의 자아의 거울에 '나'는 없다. 자아가 상실된 나의 허상만 거기에 비칠 뿐이다.

타인의 거울에 비친 '나'도 허상이 아닐까? 남의 거울에 나를 비추다니? 그런 무례와 오만도 유분수지…

그러다 나는 '나'를 잃고 미아로 떠 도는 것이 아닐까? 우주의 미아라도 되면 좋겠다. 우주의 거울에 비친 '나'라도 찾을 수 있지 않을까?

나는 '나'다. 나는 '남'이 될 수 없다. 하지만 나의 자아의 거울에 '나'는 없다. 그 허상만 있다.

그래서 나는 오늘도 타인의 거울을 물끄러미 쳐다보고 있다. '나'의 실상을 찾아…

그러다 타인의 거울에 비친 그가 '나'인 줄 알았다. 나의 자아의 거울에는 없던 '나'가 남의 거울에 비치다니?

나의 진정한 자아는 나의 자아의 거울에는 잘 비춰지지 않는다. 그러나 타인의 거울에는 비춰질 수 있음을 이제야 깨달았다.

나는 지금까지 '나'가 아닌 '남'으로 살아왔다. 타인의 거울에 투영된 '나'를 반추하면서 살아온 것이다. 나는 자유를 잃고 살아온 것이다.

타인의 굴레 속에 얽매여 살아온 것이다. 그 굴레 속에서 나를 잃고 살아온 것이다. 그러다 타인의 거울에 비친 자아가 '자아'가 아닌 '타아'임을 알고 그 타아에서 해방되었다!

나는 자유인이다! 나의 자아는 나의 자아의 거울에만 있다. 나의 자유를 찾으니 나의 자아의 거울에 '나'가 있다.

삶은 나의 자아를 찾아가는 길이다. 그 길은 나의 자유를 찾아가는 길이다. 그 자유는 진정한 안심과 평화를 찾아 떠나는 여정이다.

당신의 인생 산책길 이정표에 '자유'의 거울이 둥그렇게 걸려 있다. 그 속을 걸어 들어가 보자. "자유의 시·공간만이 진정한 안심과 평화다."라고 누군가 새겨 두었다. 그게 당신의 진정한 '피스 미러(Peace Mirror)'다!

일그러진 타아를 찾는 잃어버린 자아가 타인의 거울에 걸려 있었

다. 언제부터인가 그는 자유를 잃었다. 안심과 평화의 인생 산책길
은 멀어져 간 지 오래다. 그는 일그러진 타아 속에 잃어버린 자아를
잃어버리고 살았다. '잃어버린 자화상'의 역사가 반복되고 있었다!

  이제 다시금 사아가(思我歌)를 부르며 잃어버린 자화상을 찾아 떠
나는 그는 누구인가? 일그러진 타아가 자아를 부르고 잃어버린 자
아가 자아를 부르는 그는 누구인가?

  '그'가 '그'고 진정한 자아다! '잃어버린 자화상'이 '잃어버린 피스 미
러(Peace Mirror)'에 그의 자화상을 환하게 비추고 있다.

  아직도 '잃어버린 자화상'의 비밀 얘기가 타인의 거울에 덩그러니
걸려 있다. 인생의 미완성 교향곡을 들려 주며…. 그래도 '그'는 '그'
다! '그'가 '나'다!

  잃어버린 자화상의 얘기를 누군가가 노래하고 있다.

>   내가 너를 잃고 너가 그를 잃고 그가 그를 잃고 그가 그였네
>   내가 너를 찾고 너가 그를 찾고 그가 그를 찾고 그가 그였네
>   내가 너고 너가 그고 그가 그였네

  그 노래가 웬 후렴으로 메아리쳐 온다!

>   나는 누구인가 너는 누구인가 그는 누구인가

연작시 '자아'

자아 1

자아의 거울에 웬 타아가 있다
그 타아가 자아인 줄 알고
그를 찾아 떠나는 존재
아닌 존재를 찾아 떠나는 어리석음
그는 누구인가

타아의 거울에 웬 자아가 있다
그 자아가 타아인 줄 알고
그를 찾아 떠나는 존재
없는 존재를 찾아 떠나는 어리석음
그는 누구인가

자아 2

자아의 거울에 비친 자아를 읽고
자아가 타아가 아님을 알고
타아가 자아로 다가와
타아가 자아와 하나로 되어

공유 안심 세상 피스 미러에 비친 잃어버린 자화상

자아의 거울에 웬 자아로 나부낀다

타아의 거울에 비친 타아를 읽고
타아가 자아가 아님을 알고
자아가 타아로 다가와
자아가 타아와 하나로 되어
타아의 거울에 웬 타아로 나부낀다

자아 3

자아가 자아를 잃고
타아가 타아를 잃고
자아가 타아를 잃고
타아가 자아를 잃고
자아의 굴레 타아의 굴레

자아가 자아를 찾고
타아가 타아를 찾고
자아가 타아를 찾고
타아가 자아를 찾고
자아의 해방 타아의 해방

문원경 순간의 잠재 65X48Cm Acrylic 2015

공유 안심 세상 피스 미러에 비친 잃어버린 자화상

해야록(海野錄)

해야를 헤집는 굉음에

깊은 밤잠 설치고

그 속내 알 수 없어

묵상(默想)을 띄운다

태고의 파열음 쓰나미 통해

검푸른 해야 등져 누워

순간의 잠재 마력

인간의 탐욕 삼켜

해야 전설을 읊조리고 있다

그림 시 문원경

우리가 사는 공간은 온갖 소리로 가득 차 있다. 그런데 시간에도 소리가 있을까? 시간은 볼 수도 없고 소리도 없다고? 눈 깜짝할 사이 세월이 유수 같이 흐른다고? 시간이 그렇게 빨리 가는 줄 몰랐다고?

그런데 시간에도 소리가 있다고 생각해 보면 어떨까? 시계 초침 소리가 째깍째깍 난다고? 그건 시간의 소리가 아니라 시계의 소리일 뿐이다. 시간의 소리에 귀를 기울여 보자. 시간이 소리를 내며 물처럼 흐르고 있음을 알게 될 것이다. 그 시간의 소리가 우리에게 지금 이 순간 '맑고 자유로운 영혼의 소리'를 내어 보라고 속삭이고 있다.

그게 바로 '시간의 소리'다! 그 시간의 소리를 듣지 못해 우리는 하염없이 늙어 간다. 그 시간의 영혼의 소리를 들을 수 있으면 늙어 감을 멈추고 오히려 더 젊어질 수 있지 않을까?

그 시간의 소리를 당신의 삶의 시에 담아 당신의 영혼에 녹음해 보자. 그리고 당신의 삶이 둔탁한 '공간의 소리'에 어눌해질 때 그 영혼의 '시간의 소리'의 녹음을 틀어 보자. 그에서 울려 퍼지는 아름답고 향기로운 영혼의 소리에 '맑고 자유로운 영혼'의 소리를 내어 보자.

우리의 삶 깊은 곳에 스며 있는 영혼의 시를 쓰며
그에 '시간'을 담아 '소리'를 내어 보자.
'맑고 자유로운 영혼'의 '시간의 소리'를….

시 속의 피스 에세이
(Peace Essays)
- 공유 안심 세상(UNPW)에 부치는 시 속에 삶

삶의 생명과 영혼은 짧고도 길다. 그 길에 삶의 고뇌가 짧고 길게 나부낀다. 그 삶을 노래한 나그네의 시들이 그 고뇌에 나부낀다. 안심과 평화의 인생 산책길에 놓인 '피스 미러(Peace Mirror)'에 파노라마처럼 나부낀다. 나는 그들 중 한 사람인 나그네일 뿐이다. 그 나그네가 부르는 시 속에 삶의 생명과 영혼의 붓질로 아름다운 선율을 그리고 싶다. 삶의 사색과 철학의 서사(敍事)가 서정(敍情)의 고뇌를 품고 환희로 살아 숨 쉬는 선율을…. 그 시 속 선율 하나하나에는 삶의 지혜의 향기가 숨어 있다. 그 향기가 당신의 가슴에 ?와 !의 참뜻을 새겼으면 한다.

그래서 그 선율이 나의 '공유 안심 세상(UNPW)'을 향한 꿈의 아름다운 향기의 피스 메아리(Peace Meari)로 울려 퍼져 나가 '안심과 평화와 행복'의 율동으로 공유 안심 세상의 바다에 여울져 갔으면 좋겠다.

그 나그네의 시들은 그러한 공유 안심 세상을 외면하는 삶의 파편들 속에 던져진 현실 세계의 모습에서 자아의 성찰과 통찰을 통해 새로운 희망의 씨앗을 뿌려 보고자 하는 염원이 그 근저에 흐르고 있다. 그 흐름에는 공유 안심 세상의 강을 이루고 더 깊고 넓은 바다로 이어졌으면 하는 바람이 면면히 스며 있다.

여기의 시는 페이지에 관계없이 좌측 편 시는 좌측을 우측 편 시는 우축을 계속 따라가도록 나열하였다. 다소 무질서해 보여 읽기에 불편할 수 있지만 좌우로 왔다 갔다 하는 기존의 틀을 깨고 싶었다. 기존의 틀을 깨지 않으면 '공유 안심 세상(UNPW)'은 영원히 찾아오지 않을 것이다! '위험과 전쟁'의 무질서 속에 '안심과 평화'의 질서를 찾아 헤매고픈 군상(群像)들의 음률을 읊고 싶다!

천지개벽

신이 내린 굉음 타고
섬광이 하늘 갈라
땅 울린 묵음(默音) 파열할 적
생명 묵시록(默示錄) 천지를 펼치고
블랙홀 삼킨 태고 전설
웬 비밀 읊조리고 섰네
천지 열리던 날 시작되었다고
그게 뭔지 알 수가 없네

태생(胎生)

수백억 년 숨겨진 비밀
새 생명 잉태할 적
태고의 장엄한 빛 소리
우주를 토하고

산고(産苦)의 신음이
원죄를 고백하듯
한없는 족쇄 휘감아 뒹굴고

웬 미생이전(未生以前)*의 그림자
그 태생의 신비
읊조리고 섰네

* 불교에서 말하는 부모로부터 태어나지 않은 이전의 모습, 상대(相對)를 초월한 절대(絕對) 무차별의 경지.
※ 『태생적 위험사회』(문원경, 2021)에 수록.

생명의 시원(始原)

생명의 찰나(刹那)와 겁(劫)
생명의 합집합과 교집합

한줄기 생명 빛의 연민
공존과 파괴의 파열음

생명 윤회의 숙명
고뇌를 덧씌우는 생명의 환희

명멸하는 생명 역사의 시작
태고적 해야(海野)가 검푸른 빛을 토하고

장대한 생명 에너지의 용틀임
장엄한 생명 만상(萬象)의 고향악

생명의 고뇌를 만상으로 녹여
웬 생명 전설의 붉은 함성
희붉게 솟구쳐 내리네

여명(黎明)

깊은 어두운 빛살을 가르고
검푸른 파도 속 굉음을 삼키고
솟구쳐 떠받치는 구도자의 기도
새 생명 잉태의 묵음(默音) 소리
천지에 여울지는 빛길들

공유 안심 세상 피스 미러에 비친 잃어버린 자화상

어제 오늘 내일
기다림의 순간들
새로운 순간을 알리는
장대한 울림의 첫 시작

순간에서 순간으로
시작에서 시작으로
그렇게
생명의 역사는 이어지고…

신(神)의 제국

신이 창조한 인간
인간이 창조한 신화
신을 탐하는 인간 노예가
신화의 전설에 나뒹군다

전쟁의 신화
기술 혁명의 신화
···············
신이 심판하는 인간
인간이 심판하는 신
끝없는 신화 충돌의 미로

신의 제국은
인간 탐욕을 훔치는
신화 속 전설

제국의 신(神)들

고대 원시 신들
그리스 로마 신들
제국의 흥망에 파묻힌
신들의 전설

신의 허물을 붙잡고
신의 흉내를 내는
시간 불명의 탄생
아스라이 스치는
신들의 명멸

죽은 신을 부르는
니체의 망령
그 망령을 뒤집어쓴
신들의 환상

신화 속 전설 찾아
뒤안길 허상 내뱉어
굶주린 배 움켜쥐고
인간 영혼 구걸하는
제국의 신들이
웅크려 널려 있다

공유 안심 세상 피스 미러에 비친 잃어버린 자화상

다면체 인간

신이 창조한 인간
인간이 창조한 인간
가식의 가면을 흩뜨리고
나뒹구는 허상들
내면에 춤추는 외면
다면체 인간의 허구
진실, 정의, 거짓, 탐욕…
끝없는 혼돈의 윤회
그 끝에 덩그러니 떠 있는
정관(靜觀)의 원(圓) 하나
정심(靜心)을 부르는 인간 섭리의 공(空)

※ 「태생적 위험사회」(문원경, 2021)에 수록.

행간(行間)

삶을 써 내려가다
물음표(?)를
참 많이도 숨겼다

삶을 써 내려가다
느낌표(!)를
참 많이도 흘렸다

삶을 써 내려가다
마침표(.)를
참 많이도 잃었다

그를 찾다
행간을
끼워 넣었다
미완성…

그를 찾아 뒤진 날
울려 퍼진 미완성 교향곡
허공에 나부끼는 악보
미로 같은 행간

수수께끼 같은 역사
영혼 없는 시간
버려진 비밀
실종된 우주 미아

행간의 실종
다시금 미완성…

어느 발자국 한 모퉁이
오선지 위
웬 삶이 반짝이고 있었다

미완성에 원점

경계(境界)

삶과 죽음
존재와 부존재

공유 안심 세상 피스 미러에 비친 잃어버린 자화상

질서와 무질서

··················

만물 부르는 그 무엇
숨겨진 비밀
비밀이 비밀을 낳고
쌓이는 간극
벼랑 끝의 대치점
순간 추락의 허무
승자와 패자의 논리

이합집산의 공(空)
경계의 공(空)
오색 광채의 환상
하얀 점 하나

경계의 허상
색즉시공(色卽是空)
공즉시색(空卽是色)
정심(靜心)의 무경계

차이

진실과 거짓을 가르는 건
질서와 무질서를 가르는 건
나와 나를 가르는 건
너와 너를 가르는 건
그와 그를 가르는 건
나와 너와 그를 가르는 건

삶을 가르는 건

??????????????????????

불확정성의 원리에 갇힌 진실
진실의 순환 논리에 빠진 모순
모순이 잉태한 진실

99.999…와 0.000…의 차이
차이〈차이를 만드는 확대 재생산
극소≒극대를 만드는 진실과 모순

진실은 모순
모순은 진실
진실과 모순은 같은 것

0.999…와 0.000…의 차이
모든 걸 가르는
임계상태의 운명

투영(投影)

거울을 보고
내가 난 줄 알고
거울로 들어간다
그 뒤에 숨은 내가
나를 버렸다고
투덜거린다

공유 안심 세상 피스 미러에 비친 잃어버린 자화상

다시 거울을 본다
거울로 들어간 나는
보이지 않는다
그 나를 찾아
다시 들어간다
그 뒤에 숨은 내가
나를 버렸다고
또 투덜거린다

거울을 보고
거울에 숨은 내가
거울로 나온다
그 뒤에 숨은 내가
나를 버렸다고 투덜거린다

다시 거울을 본다
거울로 나간 나는
보이지 않는다
그 나를 찾아
다시 나온다
그 뒤에 숨은 내가
나를 버렸다고
또 투덜거린다

나는 거기에 없었다

그

그를 찾아 떠나던 날
그가 또 있음을 알고
그를 찾아 또 떠난다
그가 그를 찾아…

그 속에 또 다른 그
그는 그가 아니고 그였네
그를 찾는 건 그가 아니고 그였네

그는 누구인가?
그 속에 또 다른 그
그가 그였네

100℃ 그들

※ 『태생적 위험사회』(문원경, 2021)에 수록.

붉은 열정 감싸던
하아얀 기포(氣泡) 그들 언저리
숨은 형상 그들
하나둘 튀어 나와
무언가 알 수 없이
생명 그림자 그들 덧씌우고

눈먼 생명 그들 멋모르고
그림자 없는 형상 그들 쫓아
혼돈을 춤추며 그들 질서를 그린다
100℃의 그들 기적
자연의 혼돈의 섭리의 순간

공유 안심 세상 피스 미러에 비친 잃어버린 자화상

가면

속박의 진실을 내뱉고
뒹구는 자유
자유의 방종을 누르고
떠 도는 속박

속박이 자유를 쫓고
자유가 속박을 억매는
가면무도회의 난무(亂舞)

태생 속박 움켜쥔
섣부른 진실 게임
자유를 훔친 속박이
속박을 또 훔친다

가면무도회 깊은 한밤
잠든 속박 뛰쳐나와
가면 속 자유 내동댕이쳐
허공을 해방하고
속박의 진실 띄워
가면에 덧씌운다

유령 가면 환상
홀홀히 사라진 새벽녘
가면무도회는 막을 내린다

파행

알 수 없는 불확실성
환상 속 파묻힌
위험의 굴레들
얽힌 인연 끊으니
속절없이 흩날려
무질선가 방종인가
여기저기 칼날 비명
허공에 메아리친다

※ 「태생적 위험사회」(문원경, 2021)에 수록.

시심(時心)

세상에 흐르지 않는 것이 있을까
물과 바람만 흐르는 것일까
산에 우뚝 솟은 바위는 그대로 서 있을까

시간이 흐르니 세상 만물이 흐르는구나
어제와 오늘이 같을 수 없고
오늘과 내일이 같을 수 없음은
시간의 색깔과 향기가 다름이리라

지나간 세월을 생각해 보니
시간의 마음을 못 읽은 것이 너무나 많구나
시간의 배를 타고
허허대해(虛虛大海)를 무심코 지나왔구나

공유 안심 세상 피스 미러에 비친 잃어버린 자화상

이곳저곳 떠 도는 구도승의 초심으로
삼라만상에 흐르는 시심(時心)을 따라
잃어버린 군상들의 발자국 소리에
다시금 나의 소리를 내어 본다

시간의 사슬

땅거미를 훔친 태양이
수평선 허공을 뚫어
빈 동그라미 잔영(殘影)을 삼킨 채
검붉은 심해를 토하고
웬 동그라미 안식을 닌다

영혼을 불태웠던 오늘은
그제야
육신을 달래며 잠이 든다
내일을 위해

시간의 사슬은 영원한데
나의 시간은 언제까지 이어지려나…
심해에 잠든 태양이 깨울 때까지
나도 고뇌의 안식을 닌다

치열했던 시간의 환영(幻影)들이
사슬에 묶여 나뒹군다

영점(零點)

우주 미아 그림자 쫓아
하늘 땅 바다 점 하나 찾아
나를 버리고 그를 버린 시간들
내 속에 잃어버린 그 점
허공에 여울져 내리고…

숨어버린 영(零)의 세월
그 점에 그들이 있다는 걸
이제야 알 것 같네

세월의 회한 1

떠나온 세월의 차창 밖
그 소리를 잡을 수 없어
빗속 나뒹구는 낙엽에
회한을 밟아
갈기갈기 찢어
구름 바람에 흩날려
시원(始原)에 울려 보낸다

떠나가는 세월의 차창 밖
그 소리를 들을 수 없어
그냥 바보처럼
그날은… 그 시간은…
오늘은… 지금은…

공유 안심 세상 피스 미러에 비친 잃어버린 자화상

세월의 회한 2

순간이 사라졌다
세월이 사라졌다
순간을 잃고
세월을 읊는
나는
누구인가?

인연 방울(裸·緣·來·去)

겨우내 얼어 숨은 꿈 방울이
봄비 녹는 소리 사각사각 밟고
청실홍실 엮은 인연 타래
갈기갈기 헤쳐 놓고
인연 방울 소리 멀찍이 잠긴다

그 님 발자국 오는 소리
한 올 한 올 꿰매어
평생 쌓은 인연 숲 뉘어
한 잔 칵테일 유혹에
덩실덩실 춤추는 일장춘몽

울긋불긋 꽃비 서린 내(川)
방울방울 점점이 인연 굴레
무량(無量) 강수(江水) 연(緣) 흘리고
무릉도원 환상이 실낙원 꿈 되어
모두가 잠든 망각 타고 흐른다

새벽녘 꿈속 희뿌연 그림자 뉘고
오색찬란한 인연 빛들 찾아
갈기갈기 5차원 시공(時空) 하아얗게 헤매다
인연 방울 꽃가마 점점이 이고
나(裸)의 연(緣) 내(來)가 거(去)하게 흐른다

참 인연

채움의 인연보다
비움의 인연이
더 큰 인연을 만들어
더 큰 세상에
더 큰 인연의 새 씨를
아름드리 뿌립니다

작은 인연들이
대의(大義)의 씨앗으로
거듭날 때
진정한 참 인연은
아름드리 싹틉니다

그게 우리의 운명인 걸…

인어의 꿈

라인강 로렐라이 석양이
붉게 물들어 젖는 소리

그 유혹에 침몰한 꿈 타고
한 올 한 올 여미는 인어의 전설
그 전설 삼킨 사랑의 왕궁성 잃고
방황하는 슬픈 여인의 꿈

하릴없이 뭍으로 튀어 올라
애닯게 펄떡이는 애닯은 사연이
허공에 갈기갈기 나부끼고
전설 꿰어 인어의 꿈을 부른다

그 꿈이 다시금 영글 때
그 님 얼굴 둥그렇게 서린
옛 영화(榮華) 문장(紋章) 스민
왕관 하나 두둥실 띄워 놓고
아련한 그림자 선율 웬 그림자 쫓아
오늘도 꿈을 실어 나르네

삶

어디까지 왔을까?
뒤돌아보니
사라진 회한의 시간들

어디로 갈까?
앞을 보니
사라질 침묵의 시간들

지난 파계(破戒)의 시간보다

남은 참회(懺悔)의 시간에
깨어 있는 현자(賢者)의 산고(産苦)…

삶 1 – 봄

치기(稚氣) 훔친 한 소년이
봄 향취(香臭)에 취해
들판을 뛰 놀다
칭얼대며 잠든 사이
멋모르는 풀꽃 한 송이
노오란 꿈 키우는 소리에
멀찌감치 날아간 시간들…

삶 2 – 여름

혈기(血氣) 짓이긴 한 청년이
여름 광기(狂氣)에 그을려
황야를 방황하다
고뇌하며 조는 사이
무심한 소낙비 한 줄기
푸르른 꿈 흘리는 소리에
멀찌감치 날아간 시간들…

공유 안심 세상 피스 미러에 비친 잃어버린 자화상

삶 3 - 가을

천기(天氣) 노린 한 장년이
가을 만상(萬想)에 파묻혀
오색 단풍 그리다
탐욕하며 더듬는 사이
덧없는 구름 한 점
하아얀 꿈 흩뜨리는 소리에
멀찌감치 날아간 시간들…

삶 4 - 겨울

한기(寒氣) 머금은 한 노년이
겨울 고원(故園)에 눌러 앉아
설원(雪原)을 헤집다
참회하며 눈감은 사이
따스한 햇살 한 모금
희붉은 꿈 태우는 소리에
멀찌감치 날아가는 시간들…

삶의 길

삶은 존재한다는 것
존재한다는 건
나와 그를 구별한다는 것
구별한다는 건
각자의 틀에 갇힌다는 것

틀에 갇힌다는 건
남의 삶을 보지 못한다는 것
남의 삶을 보지 못한다는 건
나의 삶을 보지 못한다는 것

삶은 각자의 길을 가는 것
같이 가는 것 같지만
각자의 길을 가는 것
그 길을 찾는 군상들 행렬
각자 보이지 않을 때
나의 길이 보일까…

한 점

끝없는 허공에 뒹구는
생명의 원점들
자유의 방종 훔친 원초 욕망
겹겹이 쌓인 숙명의 굴레
인간의 원죄를 뒤집어쓴 곳

점점이 맴도는 삶의 원천
그 점들 그 점 한 점
얽히고설킨 무질서의 질서
우주 생명의 별 점 삼킨
어두운 생명의 그림자 한 점…

공유 안심 세상 피스 미러에 비친 잃어버린 자화상

생명의 만용(蠻勇)

하얗게 숨긴 속살
검붉게 물든 밤
천지 창조 소명에
태고 생명 꿈틀대고
생명 장엄 환상 씨앗 뿌려
인간 만용 싹 틔워
생명 만용 굽이굽이 솟구친다

모든 것의 근원?

오묘한 만물의 속삭임
정교한 세상의 이치

만유인력의 법칙
게임의 법칙

그들의 속살 파인 곳
숨겨진 비밀

전지전능한 신(神)의 마력
신 흉내 낸 망나니 춤사위

소슬바람 풍기는 풀잎
시냇물 구르는 돌멩이

생명 색깔 그리는 희로애락
생명 예술 만지는 미다스(Midas)의 손

그 시작과 끝
힘… 권력…

발자국 소리

웬 발자국 소리가 들린다

눈이 내렸다

눈 발자국 소리가 사각사각 난다
다음 발자국 소리는 다르다
그 다음 발자국 소리는 또 다르다
그렇게 발자국 소리는 이어진다
그러다 발자국 소리가 끊어진다

눈은 아직 녹지 않았다

눈은 이미 녹았다

4차 산업혁명

인간 탐욕이 방목하는 방정식

원시에도 그들에게
고차원의 방정식이 있었다
노래 춤 사냥 전쟁…
삶의 혁명을 꿈꿨다

공유 안심 세상 피스 미러에 비친 잃어버린 자화상

프랑스 혁명 볼셰비키 혁명…
혁명은 그저 혁명일 뿐
삶의 한 방식

4차·산업·혁명
고차원 방정식의 진화
인간 상실의 신화를 더듬다
찾아낸 묘수
또 다른 삶의 방식

섹스 로봇이
인공지능의 노예를 잉태하고
신(新)인류 탄생의 찬가를 부르고
신(神)인류 신화의 역사를 쓰고

4차 산업혁명의 깊은 밤
깨어 있는 외계인들
이정표를 욱여넣고
방황하는 자화상들

기술 유목민 후예들의 함성
유토피아(utopia)?
디스토피아(dystopia)?

메이드 인 제로(Made In Zero)?

초록 기억

사막 바람 휩쓴 자리
불그스레 물든
모래 창틀 너머
초록 기억 더듬으며
여기저기 떠다니는
바람 언덕 방랑길에
문득 한 초록 생각이
신기루처럼 누워
옛 사연을 읊조린다

신의 눈물

천신(天神)과 해신(海神)이 뿌린 눈물이
신이 숨긴 구름 속살 휘감아
티폰(Typhon)* 눈(目) 속살 덮어 빨려 들고

폭풍우 전설로 하얗게 지새운 그의 사연…
못다 한 제우스(Zeus) 회한 미련에
선악 심판 참회의 눈물 다시 토해
신을 저버린 오만한 인간 작태
제우스 잔영(殘影) 광풍(狂風) 회오리에
눈물 전설로 띄워 보낸다

* 여기서는 태풍을 상징하며, 그리스 신화에 나오는 것으로서 아주 사악하고 파괴적이어서 제우스 신의 공격을 받아 불길을 뿜어내는 능력은 빼앗기고 폭풍우 정도만을 일으킬 수 있게 되었다. 이 '티폰(Typhon)'을 파괴적인 폭풍우와 연관시킴으로써 'taifung'(태풍의 중국식 발음)을 끌어 들여 'typhoon'이라는 영어 표현을 만들어 냈고, 이것이 중세 아랍인들을 통해 동아시아까지 전해져 '타이푼'이 됐다는 것이다.

공유 안심 세상 피스 미러에 비친 잃어버린 자화상

빙하의 눈물

수십억 년 굉음에
산고(産苦)의 눈물 얼어붙어
쌓이고 쌓인 하아얀 전설
그 속 더듬으며
광야로 나올 제
한없는 서러움에 통곡하던 날

신의 은총 사라진 허공에
하얗게 서린 북극곰 한 마리
외로이 포효하며
한줄기 눈물 흘리고 섰네

다시금 그 눈물
하얗게 얼어붙으려나…

※ 『태생적 위험사회』(문원경, 2021)에 수록.

빙하화(氷河花)

신의 정원 사뿐히 내린 곳
빙하 정원 흠뻑 적신 웬 꽃향기
빙하 줄기 타고 내려
꽃바구니 엮어 담은
빙하 전설 두둥실

태고의 전설 겹겹이 묻힌 곳
에메랄드 빛 물 여울져 내려
조각난 슬픈 인연 읊조리고
하얗게 떠나는 뱃사공 부여잡고
빙하의 꽃 눈물 하염없네

몰디브(Maldives)의 눈물

아스라이 화려한 그림자 묻어
하릴없이 음영(陰影)의 술잔을 머금고
아기 상어 유희에 눈물 자국 맺혀
괴이한 파도 울음
플라스틱 소름을 토하고
죽은 산호초 무덤가
가면무도회의 정적이 맴돌아
몰디브의 슬픈 기억이
에메랄드 보석 뉘어 잠긴다

가라앉는 왕국의 채찍질 신음
악마의 탈 훔친 그들 잔치는
언제 끝나려나…

석양 빛 삼킨 칠흑 그림자 울음에
몰디브의 눈물이 마르는 날
적도의 정적이 슬픈 잠을 깨운다

※ 「태생적 위험사회」(문원경, 2021)에 수록.

황혼의 전흔(戰痕)

황혼의 꿈 실은 붉은 선단(船團)이
그 옛날 전의(戰意)를 불사르고
바다 성(城) 형해(形骸)로 뻗득인다
삶이 타고 내린 형해는
다시금 황혼을 붉게 달구고
아득한 여정을 이제야 가다듬고
지난 시간들을 침몰시킨다

인간의 역사는 전쟁의 역사
황혼을 불태운 선단이
그 형해를 황혼에 묻고
치열한 전흔의 숨소리에
남은 시간들을 침몰시킨다

아직도 바다 성 형해는
잠든 심해(深海) 숨은 밀어(密語) 헤쳐
파아란 용궁 전설의 유혹에
타다 남은 붉은 시간들을
또 다른 전쟁의 역사에 담는다

황혼의 시간들은
그렇게 불타는 선단의 전흔을 안고
붉게 그 형해를 뻗뜩이고 있다
그들의 하릴없는 전쟁은
언제까지 이어지려나…

슬픈 연대(連帶)

위험은 신이 인간에게 내리는 징벌적 메시지이다
자연의 섭리를 위배한 인간의 원죄에 대한 징벌적 메시지이다
인류의 멸망을 부르는 그들의 슬픈 연대는 언제 끝나려나…

모든 건 저의 탓입니다

모든 건 저의 탓입니다

그 긴긴 밤
고뇌의 숨소리 박차고
하얗게 붓질을 한 채로
무심코 지내 온 저의 탓입니다

밖에는 새하얀 눈이
눈을 부라리고
드러누워 있습니다
저는 아파하는 그 눈을
밟을 수가 없습니다
그게 제 운명입니다

저 순백의 눈 위에
아스라이 놓인 숨길들
군상들 발자국 소리에
이내 멀어져 갑니다

공유 안심 세상 피스 미러에 비친 잃어버린 자화상

모든 건 저의 탓입니다

차마 말 못할 사연에
그 숱한 밤을 지새우며
새하얗게 붓질을 해 왔습니다
저는
그 눈을 밟을 수가 없습니다
그게 제 운명입니다

동녘 하늘가 햇살
못다 한 탐욕 씻어
지난밤 눈꽃 스친 소리에
참회의 눈물 묻어 두고
그를 용서해 달라고
그를 보살펴 달라고
다시금
고뇌의 숨소리 박차고
하얗게 붓질을 합니다

밖에는
눈 녹는 소리가
봄을 기다리고 있습니다

모든 건 저의 탓입니다

지금 이 순간
나는 누구인가
되뇌어 봅니다

소리 없는 영웅들

오늘도…

아침에 집을 나설 때
사랑하는 아내와 자식을
마음 한 켠에 넣고
어제의 기도를
잊지 말게 해 달라고
다시금 기도하는 당신

점점이 까아만 겨울밤
지친 육신을
주황색 옷 이불에 파묻고
깜빡 스친 잠결에
생명의 소리 따라
정신없이 달리다
아름다운 지친 미소
가슴에 품고
돌아온 당신

밤새 지새운 하아얀 마음에
동료의 그을린 얼굴 닦아 내고
화마에 굳은살 박힌 손으로
화마가 할퀴고 간 얼룩진 손을
꼬옥 껴안고 어루만지며

공유 안심 세상 피스 미러에 비친 잃어버린 자화상

나보다 먼저 그의 무사함에
안도하는 당신

내일도…

내 생명보다
어둡고 깊은 곳에 웅크린 생명들을
먼저 생각하게 해 달라고
기도하는 당신

그대들이 비통해 하던
고독한 절규의 외침에
못다 찾은 생명의 숨결
메아리치게 해 달라고
기도하는 당신

소리 없이 들리는
동료 어깨 너머 거친 숨소리에
고즈넉이 훈장을 달며
진정 그가 영웅이었음을
알게 해 달라고
기도하는 당신

모두가 평온한 새 아침에
가슴 깨우는 가족 생명 숨결을
그들의 기도 소리로
조용히 떠오르게 해 달라고
기도하는 당신

그대들의 해맑은 미소에
물먹은 화기(火氣)를 가라앉히고
그제야 하얗게 시린
텅 빈 가슴 속 냉기(冷氣)에
아내와 자식들 따스한 숨소리를 채우고

잠시의 안도를 머금은 채
웬 생명의 숨소리들이
어우러져 내리는 소리에
그들을 잊어버리는 어리석음이 없도록
다시금 기도하는 당신

그대 소리 없는 영웅들의 기도는
진정한 생명의 외침인 것을…

"그들은 오늘도 '피스 미러(Peace Mirror)'를 나눠 주고 있다!
그들에게 다시 한 번 감사를 드린다."

※ 이 시는 저자가 소방방재청장 재직 시 2006.11.9 소방의 날에
소방 가족에게 바친 헌시를 일부 다시 다듬어 재수록한 것임.

달빛 조각

달빛을 조각내 조각한 그들
창백한 그가 포옹한다
산이 갈라진 칼날 끝을 피해
빌딩 숲속에 웅크려 숨은 그
그들은 그를 훔쳐 꿈속을 달린다

공유 안심 세상 피스 미러에 비친 잃어버린 자화상

이방인들의 참회의 망각을 실은 그는
머언 산마루턱 환상에 잠긴 구름 속
'공유 안심(Ubuntu & Peace)'의 환한 미소를
다시금 더듬어 하염없이 조각하며
그들 참회의 눈물을 달랜다

달빛 조각 훔친 이방인들이
달빛 조각 칼날을 피해
아스라이 사라져 간 자리에
웬 이방인들이 참회의 가면을 쓰고
다시금 달빛 조각을 조각하고 있다

공존

하나가 여럿 되고
여럿이 하나 되는
아름다운 여정
서로의 어울림이
여울져 내리고

강약의 슬기로운 조화
불그스레 물들어
서로를 감싸 안고
지배의 욕망을 흩뜨리네

설야(雪夜)의 속삭임

까아만 밤기운 내려 머금은
하아얀 설화(雪花) 다발
옹기종기 소나무 엮어 속삭이고

창가 틈새 찬바람에
움츠린 귀 씻어
온갖 번뇌 벗어 내고

청아한 발자국 소리
밤시간 타고 흘러내려
꽃내음 취해 흥얼거리다

사각사각 하아얗게 밟는 소리
행여 꽃망울 터뜨려져
희푸른 달빛에 흩어질까 숨죽인다

밤새 지샌 창문 닫아 어두움 밝히고
동녘 하늘 그 님 내딛는 소리에
소담스레 머리 땋아 조아린다

생명의 갈증

해를 공기에 말아
한 모금씩 베어 먹고
자유를 유영(遊泳)하며
망각을 헤집는다

공유 안심 세상 피스 미러에 비친 잃어버린 자화상

해를 공기에 말아
계속 베어 먹는다
웬 미지의 유령이
생명을 부른다

해를 공기에 말아
그 잔해를 베어 먹고
사라진 유령을 찾아
다시금 해를 공기에 만다

낯선 생명의 갈증이
해를 공기에 말아
쉼 없이 베고 또 베어
생명의 눈에 부서 마신다

자연의 섭리의 생명 빛에
하아얀 점 하나가
환희의 노래를 부르며
두둥실 떠다닌다

환희

허공에 뻔뜩이는 날갯짓 그림자 함성들
생명 혼 깃든 혼돈의 가장자리 맴돌아
묵언(默言) 연정(戀情) 서린 질서의 틈새 기워
붉은 열정의 연대(連帶)가 서로를 나부끼고
참 자아 고뇌의 군상들 망각의 음률 베틀질에
무아(無我) 품은 환희의 전율이
베토벤을 부른다

점 하나

.

점 둘

점이 사라졌다

백지
초심

자아

자연
신
영혼

이상의 자작시 50편에 더하여 끝으로 러시아 국민 시인 푸시킨 (Aleksandr Sergeevich Pushkin)의 「삶이 그대를 속일지라도」라는 시를 소개하면서 '바보 X맨'의 인생길 안심 산책 여정을 마무리 하려고 한다. 이제 더 이상 '바보 X맨 판타지'를 읊으며 '바보 X맨'을 불러서는 안 되지 않을까? 더 이상 '바보 X맨 판타지' 스토리가 계속되어서는 안 되지 않을까? 'X맨' 영화의 주인공이 그 영화를 다시 한 번 더 보라고 비아냥거리고 있다!

공유 안심 세상 피스 미러에 비친 잃어버린 자화상

삶이 그대를 속이고 있는 것이 아니라 바보 X맨이 그대를 속이고 있다고…

삶이 그대를 속일지라도
슬퍼하거나 노여워하지 말라
슬픔의 날을 참고 견디면
기쁨의 날이 옴을 믿어라
마음은 미래에 사는 것
현재는 슬프고 괴로운 것
모든 것은 순간이고 지나가리니
지나간 것은 다시금 그리워지는 것을

삶이 나를 속일지라도 '안심과 평화'의 산책길을 묵묵히 걸어가다 보면 언젠가는 위험의 슬픔의 고통에서 벗어나 과거가 된 아픔과 화해를 할 수 있지 않을까? 그럴 때 '잃어버린 자화상'을 다시 찾아 안심과 평화와 행복의 인생길을 걸어갈 수 있지 않을까? 그게 '공유 안심 세상(UNPW)'를 향한 너무나도 소중한 우리들 삶의 자화상이기도 하기 때문에…

문원경 환희 79.0X54.5Cm Acrylic 2016

공유 안심 세상 피스 미러에 비친 잃어버린 자화상

환희

허공에 번뜩이는 날갯짓 그림자 함성들
생명 혼 깃든 혼돈의 가장자리 맴돌아
묵언(默言) 연정(戀情) 서린 질서의 틈새 기워
붉은 열정의 연대(連帶)가 서로를 나부끼고
참 자아 고뇌의 군상들 땅각의 음률 베틀질에
무아(無我) 품은 환희의 전율이
베토벤을 부른다

그림 시 문원경

인생은 더하기(+)도 하고 빼기(−)도 하면서 지나가는
'시·공간 계산기'다. 인생을 결산해 보니 그 합이 '0(zero)'이더라?

이 인생 명제를 제기한 현자(賢者)들이 고대부터 많았지 않았을까?
'철학'이라는 이름하에…. 그런데도 어리석은 인간은 그 말뜻을 모르
고 오만방자하게 좀 더 더하기 인생을 위해 그렇게 고군분투해 왔는
가? 그게 '인류 문명'이란 고귀한 이름에 휘황찬란한 수식어로 장식
해 왔는가? 우주 정복 문명이니, AI 문명이니 하면서….

아서라! 우주 대법칙에는 자연의 '임계상태(criticality)'라는 것이 있다.
자연의 섭리에 따라 흐르는 자연의 '0의 법칙'이다. 모든 건 그 임계상
태에서 '0'으로 돌아간다는 자연과 우주의 대원리이다! 자연의 미세한
한 부분인 인간이 원래 '0'에서 출발한 자연과 우주를 넘보다니?

대통령이나 서민이나, 아인슈타인이나 시장 상인이나, 부자나 노숙자
나 다 그 삶의 합은 '0'이다. 아니 각자의 삶의 합뿐만 아니라 전체의
삶의 합도 '0'이다. 단지 겉으로 드러난 남다른 성과의 플러스(+)만 보
일 뿐 숨겨진 고뇌와 슬픔의 마이너스(−)는 드러나지 않았을 뿐이다.

그러니 그 '0(zero)'가 달란트(Talent)인 마음의 양식인 것이다! 이를 읽
으며 삶의 모든 고뇌에서 해방되는 안심과 평화를 누릴 수 있기를….

공유 안심 세상 피스 미러에 비친 잃어버린 자화상

에필로그(Epilogue)
단상(斷想)

나의 안심과 평화의 선계(仙界)를 찾아서!
- 나의 안심과 평화의 원초적 자화상은 어디에?

나의 안심과 평화의 선계는 어디에?

저 먼 하늘 끝에?
저 먼 땅 끝에?
어린 시절 어머니 품에?
권력과 명예와 부(富)에?
시간을 이탈한 방랑의 나그네에?
산속에 은둔한 자연인에?
헤밍웨이의 '누구를 위하여 종은 울리나'에?

나의 심연(深淵)을 헤쳐 보자
탐욕의 칼춤을 지켜보자
영욕의 세월을 세어 보자
삶의 무게를 재어 보자
끝없는 심연 끝에 무엇이 있을까?

어두컴컴한 동굴에 한 줄기 빛이 스며온다
안심과 평화의 생명 탄생이 울려 퍼진다
나의 생명의 역사는 그렇게 시작되었다
그곳에 안심과 평화의 선계가 있었다

       공유 안심 세상 피스 미러에 비친 잃어버린 자화상

지금 나는 누구인가?
지금 나는 어디로 가고 있는가?
안심과 평화의 선계를 뒤로 하고
나를 찾아 떠나는 나는 무엇을 찾고 있는가?

잃어버린 자화상이
태초의 선계에서 나를 부르고 있다
나의 원초적 자화상이 안심과 평화를 거닐고 있다

웬 생명의 탄생이
선계에 비친 영혼을 부르고 있다
신의 안심과 평화의 생명의 영혼을…

"어린애의 순수, 유연, 창의, 지혜 등이 삶의 시간이 흐르면서 사라진다. 신이 생명의 영혼을 준 인간의 '자연'의 모습이 삶에 찌들면서 '인공'의 모습으로 바뀌는 것이 아닐까?

신의 생명의 영혼이 가장 충만한 어린애의 에너지는 약한 것 같지만 강하고 쉼 없이 이어져 결코 마르지 않는다. 신이 준 생명의 영혼의 에너지가 충만한 그 자화상이 아닐까?

어린애를 인생의 스승으로 섬길 줄 아는 혜안을 가져야 한다. 당신의 원래의 자화상은 바로 당신의 어릴 적 모습이다. 어릴 적 안심과 평화의 그 자화상의 모습이다. 신의 생명의 영혼이 깃든 안심과 평화의 생명을 찾아 나의 원초적 자화상을 찾아보자. 잃어버린 생명의 영혼과 잃어버린 안심과 평화와 잃어버린 자화상을…"

문원경 선계 65X48Cm Acrylic 2016

공유 안심 세상 피스 미러에 비친 잃어버린 자화상

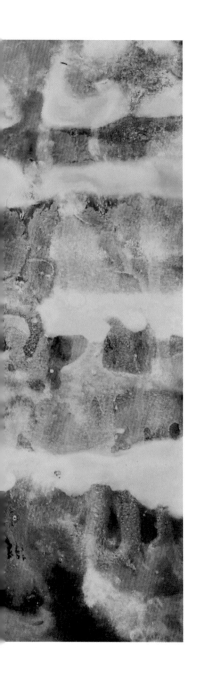

선계(仙溪)

신선이 노닐다 간 자리
뭇 선녀 하늘거리는 자태에
선향(仙香)을 토하는 물길 돌아
굽이굽이 뿜어 담긴 태고 전설
어디가 어딘지 선계(仙界)를 헤집고
파아란 요정이 사방팔방 번뜩이네

하늘 이고 선 바위를 엮어
천상의 물줄기 베틀질 하고
우주 만상이 선계(仙溪)를 우러르고
나도 신선처럼
선계(仙溪)를 노닐고 싶네

그림 시 문원경

임계상태의 법칙(Law of Criticality)

물은 100°C에서 끓는다. 100°C가 물이 끓는 임계점이 된다. 이 임계점에서 액체가 기체로 되는 상태 변화의 상전이(相轉移, phase transition)가 일어난다. 그래서 100°C는 물리학의 복잡계의 하나의 임계상태(criticality)라고 할 수 있다. 이런 임계상태는 우리의 삶에 수없이 많이 있다. 이 임계상태에서는 '너무나 사소한 원인'으로 '엄청난 대격변'이 일어날 수 있다. 이른바 '임계상태의 법칙'이라고 할 수 있다.

나의 자아의 법칙에도 임계상태의 법칙은 적용된다. 이 임계상태의 법칙의 무지 속에 '잃어버린 자화상'은 태동된다. 그 임계상태에서 나의 자아는 사소한 원인에도 상실되는 격변에 이르러 방황하게 된다. 그게 바로 잃어버린 자화상의 생성 메커니즘이다. 그 메커니즘을 아는 당신은 잃어버린 자화상의 위험을 미리 차단하거나 그 자화상을 다시 원래의 자아의 모습으로 원상회복하는 능력을 가진, 즉 '잃어버린 자화상의 임계상태'를 극복할 수 있는 능력을 가진 현명한 사람이다.

"내일, 다음 주, 다음 달, 다음 해에 무슨 일이 일어날지 내다 볼 수 있어야 한다. 그리고 시간이 지난 뒤에 왜 그런 일이 일어나지 않았는지 설명할 수 있어야 한다."

이에서 자기의 자아를 다스릴 수 있는 능력이 나오는 것이다. 그 능력을 가지면 당신은 잃어버린 자화상의 임계상태를 슬기롭게 극

공유 안심 세상 피스 미러에 비친 잃어버린 자화상

복하고 삶의 장애와 실수와 실패의 위험의 재난화 임계상태를 사전에 차단하여 가치와 성공의 길로 나아갈 수 있는 힘을 가진 성숙된 자아를 가진 사람이 된다. 성숙된 자아를 가진 사람은 잃어버린 자화상의 위험에서 해방되어 안심과 평화의 인생 산책길의 자유를 누릴 수 있는 지혜를 가진 사람이다.

문원경 100°C 65X48Cm Acrylic 2016

공유 안심 세상 피스 미러에 비친 잃어버린 자화상

100℃ 그들

붉은 열정 감싸던
하아얀 기포(氣泡) 그들 언저리
숨은 형상 그들
하나둘 튀어 나와
무언가 알 수 없이
생명 그림자 그들 덧씌우고

눈먼 생명 그들 멋모르고
그림자 없는 형상 그들 쫓아
혼돈을 춤추며 그들 질서를 그린다
100℃의 그들 기적
자연의 혼돈의 섭리의 순간

그림 시 문원경

세상에 같은 길은 없다. 조금 전 걸었던 길도 다시 걸으면 다른 길이다.
그런데 우리는 그 길을 같은 길이라 부른다.

그 길은 이 시간의 순간, 찰나에도 변하고 있다.
그리고 그 길을 가는 나도 쉼 없이 변하고 있다.

같은 길은 없다. 같은 나도 없다.

세상은 항상 새로운 세상이다.

그렇게 세상을 보는 눈이 달라지면 그게 '겸손'의 싹이다.

그게 안심과 평화의 길이고 나다.

공유 안심 세상 피스 미러에 비친 잃어버린 자화상

부록

다음 부록 내용들은 공유 안심 세상 홈페이지인 UNPW 홈페이지(https://www.unpw-x.com)에도 수록됩니다. UNPW 회원으로 가입해 공유 안심 세상 운동(UNPW Movement)에 함께해 주시면 감사하겠습니다.

공유 안심 세상(UNPW)에서는
새로운 길과 새로운 나를 위해
새로운 안심과 평화 프로그램이 계속 공급됩니다.

나와 나의 가족, 우리 모두를 위하여…

자기 위험성 리트머스 시험(Self Riskiness Litmus Test, SRLT)

　여기의 '자기 위험성 리트머스 시험'은 위험사회의 개념과 논리, 개인의 성격 등을 바탕으로 자신의 위험성 정도를 보다 근원적인 측면에서 시험해 보는 앱이다. 다소 관념적이고 추상적인 면이 있을 수 있지만 위험 인식과 관리의 근본이 되는 몇 가지 유형의 기준에 따라 자기 위험성을 인식하고 관리할 수 있는 기본 능력을 색깔별 등급으로 나눈 리트머스 시험 형태로 측정해 볼 수 있도록 설계된 것이다. 아울러 그 시험 결과를 분석해 어떤 부분에 유의를 해야 할지 그 방향을 제시하고 있다.

　이는 위험성 시험뿐만 아니라 위험사회의 개념과 논리에 대한 학습도 겸할 수 있는 프로그램이기도 하다. 그러므로 일정한 기간을 두고 수시로 한 번씩 반복해서 시험을 해 봄으로써 시험과 학습을 겸할 수 있는 효과를 거양할 수 있을 것이다.

※ 본 프로그램의 구체적인 내용은 앱으로 작성되어 있어 아래에 첨부된 QR 코드를 스마트폰으로 스캔하면 됩니다. 그런 후 스마트폰에 저장된 프로그램에 따라 시간 나실 때 한 번씩 시험을 해 보면 자기 자신의 위험성의 일 단면을 엿볼 수 있는 흥미롭고 유익한 시간을 가질 수 있을 것입니다.

　　　　공유 안심 세상 피스 미러에 비친 잃어버린 자화상

안심 행복 일기(Peace & Happiness Diary, PNHD)

이 '안심 행복 일기'는 일반 일기와 달리 간편하게 작성할 수 있도록 문항 체크 형식의 특수한 형태의 일기로 구상되었다. 따라서 컴퓨터 프로그램으로 쉽게 작성할 수 있는 IT 일기 방식으로도 가능하게 된다. 다만 그 체크 내용이 지나치리만큼 매우 포괄적이고 단순한 간이 평가 형태로 구성되었기 때문에 그 평가 결과를 그대로 인용하기보다는 자신의 안심(안전)을 위한 방편 자료의 하나로 참고하면 좋을 것이다. 안심 행복 일기 자체에 대한 관심만으로도 당신의 안심 행복은 커질 수 있지 않을까?

한편, 이 안심 행복 일기 프로그램도 간단하지만 하나의 앱 형태로 설계되어 있기 때문에 마찬가지로 뒤에 첨부된 QR 코드를 스마트폰으로 스캔하여 사용할 수도 있습니다.

I. 오늘의 나의 안심 행복 삶은?

"오늘 나에게 닥쳤거나 닥칠 가능성이 있었던 위험에 대해서 생각해 보십시오."

1. 위험 인지
   ① 인지할 수 있었다 (　)
   ② 그냥 무심코 지냈다 (　)

2. 위험 정도
   ① 그냥 통상 있을 수 있는 위험 수준이었다 (　)
   ② 상당히 위험했다 (　)

3. 위험 대응
   ① 나름의 논리와 지혜로 대응했다 (　)
   ② 그냥 당황해서 쩔쩔 매었다 (　)

4. 위험 결과
   ① 다행히 별일 없이 해결됐다 (　)
   ② 아직 해결할 부분이 남아 있거나 피해를 입었다 (　)

공유 안심 세상 피스 미러에 비친 잃어버린 자화상

(평가)

　　①에 3개 이상 해당 시: 오늘 안심 행복 삶 상(上)(상당한 안심 만족)

　　①에 2개 해당 시: 오늘 안심 행복 삶 중(中)(어느 정도 무난한 안심 만족)

　　①에 1개 이하 해당 시: 오늘 안심 행복 삶 하(下)(상당한 안심 불만족)

II. 내일의 나의 안심 행복 가능성은?

"내일의 나의 안심 행복 삶을 위해 한번 생각해 본다면?"

1. 현재의 걱정거리나 고민 해결
　　① 나름의 방법을 생각해 본다 ( )
　　② 그냥 닥치는 대로 하자 ( )

2. 내일 있을 수 있는 위험 생각
　　① 생각해 본다 ( )
　　② 내일 있을 위험까지 생각해 볼 필요가 있나? ( )

3. 그 위험에 대한 대처 방안
　　① 나름의 정리를 해 본다 ( )
　　② 내일 닥치는 대로 해 보자 ( )

4. 안심 사항 실천

　① 한 가지 '소확안'(작지만 확실한 안심) 실천 사항을 생각해 봐야겠
　　다 (　)

　② 굳이 안심 실천 사항까지 생각 안 해도 별 탈 없이 지낼 수 있
　　다 (　)

(평가)

　①에 3개 이상 해당 시: 내일 안심 행복 가능성 상(上)(위험 관심 필요)

　①에 2개 해당 시: 내일 안심 행복 가능성 중(中)(위험 주의 필요)

　①에 1개 이하 해당 시: 내일 안심 행복 가능성 하(下)(위험 경계 필요)

III. 안심 행복 사고(思考) 일기

　※ 별도 체크 없이 생각만 해 보기. 필요시 별도 기술.

　"생각만으로 나의 안심 행복을 기할 수 있는 '생각 읽는 특수 일기'?"

　1. 오늘 나에게 닥쳤거나 닥칠 수 있었던 특별한 위험이 있었다면
그 유사한 위험이 과거에도 있었는지 생각해 봅시다.

　2. 과거에도 있었다면 왜 반복됐는지, 없었다면 그 새 연원을 생각
해 봅시다.

3. 그 위험이 다행히 나를 피해 갔다면 나의 적절한 대응 때문인지, 아니면 운이 좋았던 것인지 생각해 봅시다.

4. 운이 좋았다면 다음에 어떻게 대응할지 생각해 봅시다.

5. 오늘 생긴 '삶의 장애와 실수와 실패'도 알고 보면 '위험'입니다. 어떤 위험인지 생각해 봅시다.

공유 안심 세상(UNPW)의 로고와 캐릭터

로고: 889 피스 이글(Peace Eagle) K

캐릭터: 889 피스 독(Peace Dog) X-V

공유 안심 세상 피스 미러에 비친 잃어버린 자화상

피스 독(Peace Dog) 송

저자가 직접 작사·작곡한 노래로서 미래 새대 어린이 안심과 평화 송입니다. 신나는 노래와 춤과 함께하는 어린이 안전 꿈을 펼치는 노래이기도 합니다.

유튜브에 업로드되어 있습니다만 아래의 QR 코드를 스마트폰으로 스캔해도 노래를 들을 수 있습니다. 성인도 들을 수 있는 노래이지만, 특히 어린이(어린 자식이나 손자)에게 좋은 노래입니다. 계속해서 어린이 안심과 평화 송을 추가로 개발해 더 많은 노래가 더 널리 불려질 수 있도록 할 계획입니다.

앞으로 어린이 안전 교육용 동영상 제작 시나 공유 안심 세상 로고와 캐릭터(총 20개) 조각 공원 조성 시 등에 사용될 노래이기도 합니다.

안심과 평화 세상을 구현하기 위해서는 미래 세대의 안전 의식과 문화가 필수적입니다. 공유 안심 세상(UNPW)의 이상을 실현하기 위해 널리 보급되어 활용될 수 있도록 해 주시면 감사하겠습니다.

문원경 천지개벽 65X48Cm Acrylic 2015

공유 안심 세상 피스 미러에 비친 잃어버린 자화상

천지개벽

신이 내린 광을 타고

섬광이 하늘 갈라

땅 울린 묵음(默音) 파열할 저

생명 묵시록(黙示錄) 천지를 펼치고

블랙홀 삼킨 태고 전설

웬 비밀 읊조리고 섰네

천지 열리던 날 시작되었다고

그게 뭔지 알 수가 없네

그림 시 문원경